CW00762634

UNIVERSALE
ECONOMICA
FELTRINELLI

Simonetta Agnello Hornby è nata a Palermo e vive dal 1972 a Londra, dove svolge la professione di avvocato dei minori ed è stata per otto anni presidente part time dello Special Educational Needs and Disability Tribunal. *La Mennulara*, il suo primo romanzo, pubblicato da Feltrinelli nel 2002 e tradotto in tutto il mondo, ha vinto i premi Alassio 100 libri, Forte Village, Stresa e Novela Europea Casino de Santiago. Con Feltrinelli ha pubblicato anche *La zia marchesa* (2004; "Audiolibri Emons-Feltrinelli", 2011), *Boccamurata* (2007), *Vento scomposto* (2009), *La monaca* (2010), *La cucina del buon gusto* (con Maria Rosario Lazzati; 2012), *Il male che si deve raccontare* (con Marina Calloni; 2013) e *Via XX Settembre* (2013). Ha inoltre pubblicato: *Camera oscura* (Skira, 2010), *Un filo d'olio* (Sellerio, 2011), *La pecora di Pasqua* (Slow Food, 2012) e *La mia Londra* (Giunti, 2014).

SIMONETTA
AGNELLO HORNBY
Il veleno dell'oleandro

© Giangiacomo Feltrinelli Editore Milano
Prima edizione ne "I Narratori" febbraio 2013
Prima edizione nell'"Universale Economica" agosto 2014
Terza edizione agosto 2015

Stampa Nuovo Istituto Italiano d'Arti Grafiche - BG

ISBN 978-88-07-88526-6

FSC
www.fsc.org
MISTO
Carta
da fonti gestite in
maniera responsabile
FSC® C015216

I personaggi che appaiono in questo romanzo sono di pura fantasia.
Ogni riferimento a fatti o persone reali è puramente casuale.

www.feltrinellieditore.it
Libri in uscita, interviste, reading,
commenti e percorsi di lettura.
Aggiornamenti quotidiani

IL RAZZISMO
È UNA
BRUTTA STORIA.
razzismobruttastoria.net

Il veleno dell'oleandro

Nel volto estatico
di questo e quello
si legge il vortice
del lor cervello,
chi ondeggia e dubita
e incerto sta.

Gioacchino Rossini
La Cenerentola

1.

Nuddu ammiscatu cu nenti

Giovedì 24 maggio, mattina
(Bede)

Mi hanno vestito con le mie cose migliori.

Il doppio corteo funebre si snoda lungo le strade di Pezzino e rallenta davanti alla chiesa del Purgatorio. Lì, quarant'anni fa, sono state celebrate le tue nozze con Tommaso, nella stessa chiesa in cui lui aveva sposato tua sorella Mariangela. Io non c'ero; Tommaso mi aveva consigliato di non farmi vedere a Pezzino, dove ancora si parlava del "fattaccio" a causa del quale ero andato a vivere con la sua famiglia. Ma dopo i tuoi racconti era come se ci fossi stato anch'io alle vostre nozze: Giulia, cinque anni, seduta nel primo banco con i Belmonte, la tua famiglia, lontana dalla sorella maggiore, Mara, seduta anche lei in prima fila ma dal lato opposto, insieme alla nonna da cui aveva preso il nome, donna Mara Carpinteri. Quando Giulia vide suo padre infilarti la fede al dito lasciò il suo posto e avanzò dritta dritta verso di voi: anche lei voleva un anello. Tommaso era imbarazzato, allora Giulia si rivolse al sacerdote, che lo dicesse lui al suo papà di darle l'altro anello, e lo indicava con la mano sul cuscinetto di velluto. Tu, svelta, ti sfilasti la fede e la mettesti al pollice di Giulia; poi lei te la restituì e ritornò al suo posto tutta contenta.

La tua salma è in testa, austera; sulla bara, un cuscino di gigli e violette. L'altra salma, la mia, è coperta da una profusione di corone e mazzi di fiori offerti dai miei parenti.

Sul portale barocco, le figure discinte dei purganti contrastano con la sobria facciata catalana. Una vecchia che stava per entrare in chiesa si ferma sul sagrato, interdetta, e osserva la colonna di vetture nere dai vetri scuri. Il corteo prende la via principale del paese. Sul marciapiede davanti al bar del Centro – quello dove ho lavorato da ragazzo – i clienti posano i bicchieri di vino e i boccali di birra sui tavolini, in segno di rispetto.

"Tosti, 'sti Lo Mondo," fa uno.

"Non si fermarono davanti a niente!" sussurra un altro al vicino, con la mano a conchiglia sulla bocca.

"Per difendere la famiglia e vendicare l'onore!" risponde quello in un bisbiglio.

"Ricchi sono diventati..."

"Vero è, ma sono scantusi. Dai 'fatti' non si sono più visti in paese."

"Ti sbagli, ai ricevimenti del sindaco si fanno vedere. Solo con la gente povera come noi non vogliono stare."

"Non hanno paura di nessuno, altrimenti non avrebbero voluto il funerale in paese." E poi, a bassa voce: "Arrivò un forestiero troppo curioso sui fatti antichi... E i Lo Mondo lo sanno".

Mi hanno voluto bene, i miei fratelli.

Un ragazzo già brillo dice ad alta voce: "Dicono che lui si ammazzò per il dolore della morte della Carpinteri", e subito viene tacitato.

Da un tavolo si leva una voce: "No, no, a quello le donne non ci piacevano tanto".

"E non poteva essere sotto soggezione della Carpinteri. Vecchia era, gli poteva venire madre..." riprende il ragazzo.

Un altro: "Si sentono dire storie di anziane ricche che seducono uomini più giovani...".

"Seducono? Accattano, dovreste dire! Se c'è denaro sotto, tutto è possibile. Le fimmine addiventarono come i masculi," commenta il ragazzo, e poi si scola il bicchiere di vino.

"E più strano ancora è che l'arciprete officia al crematorio. Persone importanti dovevano essere, questi due. E noi niente ne sappiamo!" sospira una ragazza molto giovane con una grossa croce d'argento al collo.

Il suo vicino ha sollevato un boccale di birra. "Il crematorio!" esclama sarcastico prima di portarsi il boccale alle labbra. "Ne sentivamo la mancanza a Pezzino, con le fognature da rifare, i tubi dell'acqua che perdono e le strade piene di buche. Se quelli della Comunità europea che ci hanno dato i denari sapessero che succede di notte al crematorio..."

"Perché? Che succede di notte al crematorio?" chiede un giovanotto baffuto e ben vestito.

"Niente, niente succede," l'uomo del boccale di birra si è accorto che il gestore del bar, appoggiato alla porta, lo sta fissando, "scavano pirtusi per piantare le rose 'della Rimembranza' e potano gli arbuli e abbruciano i rami nel crematorio, così, per non lasciarlo arrugginire. Cca i cristiani vogliono andare sotto terra, insieme alla loro famiglia."

"Tu si' nuddu ammiscatu cu nenti," mi disse lui, sprezzante; e, rivolto a lei: "E tu pure, anche tu si' nuddu ammiscatu cu nenti".

"A cu apparteni la morta?" chiede un giovane; aspetta insieme ad altri che passi il corteo, per attraversare la strada.

"Nenti, a una famiglia di Zafferana ca finì. Suo padre era un medico, mezzo parente della madre dell'ambasciatore," risponde un vecchio distinto con il cappello in mano.

È la mia fine. La fine di Bede Lo Mondo. Niente. Nessuno. Nuddu. E così anche di Anna. Lo sapevamo che saremmo morti nello stesso momento. Un presentimento di sempre. Presto saremo polvere. Dall'alto, vedo tra i tetti di tegole a canno-

lo la cupola del crematorio e le nostre famiglie in corteo, come se già noi fossimo estranei.

Nella prima vettura Luigi, unico figlio di Anna, cinge la vita della giovanissima moglie Natascia. Dal sedile di dietro, Giulia rivolge lo sguardo opaco alla facciata della chiesa; Pasquale Romano, il suo compagno, le siede accanto, a gambe larghe – la coscia incollata alla sua. Una seconda vettura ospita Mara, la primogenita: guarda fuori dal finestrino, pallida; accanto a lei siedono compunti Alberto, il suo ex marito, e Ada, la prima moglie di Luigi. In coda, quattro vetture strapiene seguono quelle dei Carpinteri; a bordo ci sono i miei parenti stretti – fratelli, cognate, nipoti e pronipoti.

Il corteo si avvicina alla chiesa madre. A differenza della chiesa del Purgatorio, il portale monumentale è decorato con festoni di frutta polposa come un albero della cuccagna. Il grande cortile a scacchiera di pietra lavica e marmo bianco brilla lucido sotto il sole. I passanti sono allineati lungo il marciapiede. Alcuni fedeli si fermano sul sagrato e accennano un segno di croce.

"La ricordavo dissestata, la pavimentazione," dice Luigi.

Giulia sorride saccente. "Piazza, sagrato e facciata sono stati restaurati con fondi della Comunità europea, per la maggior parte finiti in tasca a politici che conosciamo bene..."

"Chi sono questi politici?" pigola Natascia.

Luigi le prende la mano e le bacia le dita, a una a una: "Ne vedrai uno al crematorio, amore. Non ti piacerà".

Manca poco. La fine.

Nell'automobile di mio fratello Gaetano, suo nipote Tanino chiede a mia cognata Assunta: "Nonna, oggi mangiamo la pasta con il ragù, vero è?".

Lei scuote la testa: ha dimenticato di prepararlo, il ragù di carne.

Tanino sbraita: "Me lo avevi promesso!".

"Avresti potuto cucinarlo stamattina, Assu'," dice Gaetano, severo, alla moglie.

"Come ti viene di dirlo?!, con tuo fratello morto..." sibila lei.

"Che c'entra!" esclama lui esasperato. "Bede è morto, e 'u picciriddu deve mangiare!"

Nella vettura non si parla d'altro che del ragù, fin quando arrivano al crematorio.

Fa un caldo asfissiante. Il cielo è quasi bianco, non un uccello lo attraversa. La luce di mezzogiorno abbaglia. Le bare fanno il loro ingresso nella cappella funebre seguite dai Carpinteri, dai miei parenti e poi dalle famiglie Gurriero e Pulvirenti, che aspettavano davanti al crematorio.

"Nuddu ammiscatu cu nenti," ripeteva lei quando parlavamo della nostra morte. "Mi sta bene, essere il Nenti del tuo Nuddu. Una volta polvere, mi piacerebbe se fossimo trasportati da una spirale di vento a Pedrara. Così ammiscati, il Nuddu di te e il Nenti di me cadranno come pioggia sugli oleandri che costeggiano il fiume, quelli dai tronchi attorcigliati e piegati dalle fiumare, con i grappoli di fiori che lambiscono l'acqua."

I figli di Gaetano chiudono la porta e si appoggiano contro le ante.

"Siamo qui per celebrare i funerali di Anna Belmonte, vedova dell'ambasciatore Tommaso Carpinteri, e di Bede Lo Mondo," dice l'arciprete, e dà inizio alla cerimonia.

È il mio momento finale. Il catafalco scivola sul nastro, passo sotto la tenda di raso bordata di una frangia dorata e lì aspetto il mio turno, dopo la cremazione di Anna.

L'inserviente – mani forzute, impeccabile uniforme grigia profilata di raso nero e scarpe da ginnastica nere decorate con frecce bianche – apre la porticina di fronte all'ingresso, quella che dà sul Giardino della Rimembranza, e prende posizione contro l'anta come se fosse una cariatide, lo sguardo fisso sulla bara.

Il nastro si muove e le mie spoglie entrano nel forno.

Con gesto misurato, l'uomo invita tutti a uscire, puntando il dito sui Carpinteri. Mara, Giulia e Luigi formano la prima fila, equidistanti uno dall'altro, passi in sincrono. Poi, un attimo di confusione: prostrata sull'inginocchiatoio e in lagrime, Natascia non sembra intenzionata a lasciare il banco. Pasquale da dietro la osserva e, spedito, si alza per formare un duo con lei. Ma Natascia non si scolla dall'inginocchiatoio, e lui, inglobato dalla fila seguente, con Ada e Alberto, si ritrova suo malgrado a camminare con gli ex dei Carpinteri. Chi andrà dopo di loro, i miei parenti o i notabili del paese? Il notaio Pulvirenti risolve l'incertezza e lascia il banco con il figlio Pietro, sindaco di Pezzino, e la nuora Mariella, seguito dal dottor Gurriero, medico di famiglia, e sua moglie. Dietro di loro, volti rossi e occhi pieni di lagrime, Gaetano e i suoi tre figli maschi. Poi l'altro mio fratello, Giacomo, con le figlie Nora e Pina. Dopo di loro, a come gghiè, mogli, nuore, generi, nipoti e pronipoti. Uscendo rallentano e osservano stupiti Natascia, singhiozzante sull'inginocchiatoio – i ricci dorati si sollevano ritmicamente sulle spalle.

"I familiari del defunto possono scegliere una rosa in memoria del loro caro." L'inserviente scandisce in perfetto italiano la frase che gli hanno insegnato, e poi: "La chiantu e l'abbevero io". Indica il roseto di giovani piante rigogliose, ciascuna con la propria conca. I miei parenti, alla loro prima cremazione, strascicano i piedi imbarazzati. Poi qualcuno bussa alla porta della cappella. Uno scambio di occhiate; i figli di Gaetano rientrano e si dispongono in fila, spalle all'ingresso. L'inserviente sta per seguirli, per vedere chi bussa; si ferma, fulminato dallo sguardo di mio fratello. "Pago io le rose per il Giardino della Rimembranza," gli dice Gaetano scandendo le parole e battendosi enfaticamente la mano sul petto.

"Che rose volete?" chiede l'inserviente, e lo ripete: "Che rose volete?".

Nessuno gli dà conto. Natascia intanto è apparsa nel giardino, l'abito sudato appicciato al corpo morbido, tremante; sembra sul punto di svenire: "Luigi, Luigi...". Il marito accorre, lei cerca le sue labbra e si scioglie in un lungo bacio. Davanti a tutti.

Dapprima a voce bassa, i miei parenti riprendono a parlare delle cose dei vivi. La sorella di Tanino scappa dalla stretta della madre e inciampa, cade e si mette a urlare; la madre la prende in braccio e non riesce a consolarla. Tanino corre nel roseto. Evita Pasquale, chino ad annusare una rosa, strappa un bocciolo e lo porta alla sorella. Ma riceve rimproveri. "Non si fa! Sono le rose dei morti! Ti ammazzo se lo fai di nuovo!" grida mio fratello Gaetano, poi lo solleva da terra e gli dà un bacio sulla guancia.

Ecco come mi è finita. I miei parenti pensano agli affari loro. Le mie cose. Tu le conosci, come conosci me. Scelte con cura, conservate con amore. Che faranno delle mie cose? Non lo sanno. Non ci pensano. Invece i tuoi parenti ci hanno pensato eccome, si sono già divisi quello che era tuo, ognuno ha indicato cosa voleva. Ma non ne sono soddisfatti: già rimpiangono di non aver preso altro, e di più... Si scanneranno tra loro.

Anna, noi due siamo ormai parte del passato. Siamo soli, tu e io, nel nulla che ci aspetta.

2.

Avevi ragione, zia Anna

Venerdì 25 maggio
(Mara)

La voce registrata, suadente e senza accento, ripete le ultime raccomandazioni prima del decollo. Guardo a sinistra l'immenso cono schiacciato della Muntagna, come nonna Mara, nata a Zafferana, chiamava l'Etna: genio benefico degli abitanti della zona, la Muntagna è attenta a deviare la colata di lava dai paesi a lei devoti, premurosa nell'avvertire con i brontolii delle budella e prodiga di raccolti abbondanti. Sono tesa. Il velivolo si stacca da terra. Un sospiro. Bagnata da un mare blu cobalto, Catania è bella e nera, dall'alto. La costa rigogliosa è ricca di agrumeti in fiore. Il fogliame verde brilla sotto i raggi impietosi del sole; presto vi si poserà la patina di polvere portata dalla calura estiva.

Il pilota si accosta al cratere come se volesse sfiorarlo. È tranquilla, oggi, la Muntagna: dalla bocca del vulcano sale verso il cielo chiaro un filo di fumo appena visibile. La vista spazia sull'intera isola. Mia madre raccontava che, quando i giusti muoiono, i loro spiriti convergono sul cratere per incontrarsi con antichi spiriti di altri giusti, che hanno il compito di scortarli in paradiso. Prima, però, fanno un giro dell'isola per dire addio a sette posti "speciali" della Sicilia: il castello di Naro, battuto dai venti giorno e notte; Caltabellotta, acciambellata intorno alla Rocca; Erice, il monte che guarda verso l'Africa; Ustica, l'isola dal mare verde; Stromboli, il vulcano che si rummulìa in mezzo alle onde; Ortigia, l'antica isola greca; e per ultima Pedrara. "Proprio la nostra Pedrara," ripeteva mia madre sorridendo, "il rifugio dei Siculi dagli invasori d'oltremare."

Forse zia Anna adesso gira attorno all'isola con la sorella maggiore; aveva preso il suo posto accanto a mio padre e aveva fatto da mamma a me e a Giulia.

Entriamo in un banco di nuvole candide. Abbagliano. Sbatto le ciglia ed è quasi automatico, torno indietro nel tempo. Scivolo nei ricordi sommersi.

Ho nove anni. È tarda primavera. Passeggiamo nel giardino sotto il pergolato di glicine, la mano salda in quella della zia. Io trotterello accanto a mio padre.

"Zia Anna verrà a vivere con noi, sarà come una madre per te e Giulia," dice lui, "e una moglie per me." Poi aggiunge: "Sei contenta?".

"Ma non deve morire come la mamma," rispondo dopo averci pensato, e cerco lo sguardo della zia: "Me lo prometti, zia Anna, di non morire?".

"Promesso," e lei mi stringe le dita, occhi negli occhi.

L'ho amata come avevo amato mia madre, ma non l'ho mai chiamata mamma. Per Giulia, troppo piccola per ricordare, la zia era mamma e basta.

Quarant'anni dopo, la zia ha infranto la promessa impossibile. Sono alle soglie del mezzo secolo. Mio padre è morto quando avevo sedici anni e lei si è dedicata a noi – Giulia, Luigi e me – con devozione. Era diversa da tutte le donne che ho conosciuto: amorevole, forte, serena, equa. E saggia, tranne che nell'ultima decisione: lasciare Roma per trasferirsi a Pedrara.

Ce l'aveva messa tutta per persuadermi che era la scelta giusta: l'affitto dell'appartamento di Roma era aumentato e il costo della vita era altissimo; il reddito dalle serre diminuiva sempre più, lei era in cattiva salute – osteoporosi e una diagnosi di Alzheimer allo stadio iniziale – e, dall'ultima caduta, incapace di accudirsi. Aveva bisogno di due badanti, a turno, e non avrebbe potuto permettersele ancora per molto, mentre a Pedrara Bede e le sue nipoti, Pina e Nora, l'avrebbero accudita benissimo.

Le avevo fatto presente che per noi figli sarebbe stato difficile andare a trovarla sugli Iblei; si sarebbe privata della nostra compagnia e delle nostre cure. Mi ero perfino offerta di aiutarla finanziariamente, io che di noi tre sono la sola a non possedere una casa. La zia mi aveva preso la mano:

"Verrete... ne sono certa. E non sarò sola. Sarò circondata di affetto". Aveva rivolto lo sguardo alla cupola di San Pietro, in lontananza, e aveva mormorato: "Roma non mi mancherà. Nemmeno il mio confessore, monsignor Bassi. Dio è stato generoso con me. Ho ricevuto tanto amore nella vita, e continuerò a riceverne". Dopo una pausa aveva aggiunto, accorata: "Non me lo meritavo, tanto amore...".

Le avevo ricordato quel che diceva mio padre: nessuno deve vivere a lungo a Pedrara, il profumo degli oleandri è tossico. Questo non le era piaciuto. Aveva cercato di tirarsi su puntandosi sui braccioli; non ci era riuscita. Allora, alzata la mano, aveva scosso l'indice verso di me: "Tuo padre era uno scimunito!".

Accetto la bevanda dolciastra offerta dalla hostess, mi conforta. Sono sola. Viola è voluta partire subito dopo i funerali, con suo padre e Thomas; ieri sera hanno preso l'aereo per Milano, poi Thomas ha proseguito per Trento. Viola non se la sentiva di rimanere ancora a Pedrara, era sopraffatta dalle emozioni, così mi ha detto; o forse voleva andare via con suo cugino. Thomas, alla notizia che madre e matrigna sarebbero venute per il funerale, aveva detto a Luigi che non voleva più recitare la parte del figlio nel copione della famiglia felice allargata; preferiva andare a Trento dai nonni materni. Ed era rimasto irremovibile nella sua decisione.

Hanno fatto bene, mi hanno concesso un'ultima notte a Pedrara da sola. Anche se mi sarei aspettata che Viola mi mandasse almeno un messaggio per rassicurarmi che era arrivata. Che aveva mangiato qualcosa, anche solo bevuto un succo di frutta. Volevo sentire la sua voce. Quante volte mi sono ritrovata col telefono in mano, il dito sul tasto. Ma non ho avuto il coraggio di premerlo. Siamo nel mezzo di un banco di nuvole. Fuori è tutto bambagia grigia. Sono sola.

La terribile solitudine di una madre che non osa chiamare.

"Tu sei la mia prediletta, tra i figli," mi diceva la zia. "Ma non sei la preferita," aggiungeva, "è semplicemente un'affinità in più." Non ha mai fatto disparità. Quando nacque Viola mi mandò un bigliettino color crema, nella sua bella busta foderata di carta velina marrone. Le piacevano i rapporti epistolari e spiegava, con un sorriso complice, che prima del matrimonio aveva insegnato alle scuole secondarie: sotto sotto, era rimasta con l'animo di una maestrina. *I figli si creano per piacere e con egoismo; si allevano per necessità. Coloro che concepiscono senza piacere trovano difficile amare i figli d'istinto, ma devono imparare. I bambini non amati avvizziscono nell'animo e nella carne. Tu che hai concepito Viola per amore, goditela senza aspettarti nulla in cambio. La grande beffa della vita è proprio questa: i genitori continuano a essere il sostegno dei figli, ma alla fine muoiono soli come sono nati.*

Avevi ragione, zia Anna. Si muore soli. Ero con te qualche ora prima che morissi, ma non ne avevo avuto alcun sentore. Nora se n'era andata lasciandoti profumata per la notte. Bede avrebbe dormito nella tua camera, com'era sua abitudine, e tu lo aspettavi tranquilla. Ero entrata per accertarmi che tutto fosse in ordine e poi ti avevo lasciata. Eri bella, zia. I capelli, raccolti nello chignon schiacciato sul guanciale, sembravano un'aureola dorata. Sarei rimasta a guardarti, mi ricordavi un cherubino del Beato Angelico. Ma dovevo raggiungere Viola, voleva andare in giardino con me.

Giulia poi mi ha detto che ti eri agitata perché Bede non era ancora venuto. Lo avevi chiamato a lungo. Poi, silenzio. Giulia era salita; lo aveva visto accanto a te e se n'era andata; mi ha assicurato che ti eri assopita. E non ti abbiamo più sentito. Avevamo immaginato che Bede si fosse infilato nel letto ai piedi del tuo senza far rumore e che tu dormissi il sonno del giusto.

Sei morta quando è morto Bede, come volevate. Ma non insieme. Me lo aveva detto anche lui che sarebbe vissuto tanto quanto te e che ti avrebbe accudita fino alla fine, me lo aveva detto quando era venuto a Roma per accompagnarti a Pedrara. Non gli avevo creduto. Era un'affermazione melodrammatica, ai limiti del cattivo gusto. Degna di un uomo effeminato e ambiguo come lui. Così avevo pensato. Invece è successo.

3.

Garrusu pari Bede
(Bede)

La mia era una bella famiglia. Povera.

Mia madre faceva la sarta; aveva una buona clientela e sapeva cucire anche abiti e pantaloni per bambini. Mio padre era scarparo; lavorava in un bugigattolo attaccato alla nostra cucina. Negli anni della guerra, mentre lui era al fronte, mia madre aveva mantenuto Gaetano e Giacomo con il suo lavoro e continuò a mandare avanti la famiglia anche dopo che lui era tornato. Lei sosteneva che la prigionia lo aveva cambiato, la malinconia lo mangiava vivo, ed era sverso: risuolava le scarpe svogliatamente, come se il suo mestiere non gli piacesse più. Aveva paura di un'altra guerra e si era preso il porto d'armi. Ogni settimana andava nella campagna di zu' Tano, suo cugino primo e proprietario del bar del Centro, per raccogliere verdura e stanare conigli; ci rimaneva per delle ore: sparava alle boatte di concentrato di pomodoro, per tenersi in allenamento, e si portava a sparare anche i miei fratelli. Pure io, da grandetto, andavo con loro. Gaetano e Giacomo erano bravi: sotto il loro tiro, in quattro e quattr'otto la boatta sul muretto di pietra finiva a terra maciullata. E per invogliare anche me al tiro a segno, mio padre mi aveva regalato una pistolina di plastica, di quelle che si vendono nelle bancarelle delle fiere. Ma nulla fece quel regalo. Sparare non mi piaceva. "Tu sei speciale. Si vede anche da questo," mi diceva lui. Poi aggiungeva: "Non devi preoccuparti, i tuoi fratelli ti proteggeranno, 'nsamadio ce ne fosse di bisogno". Lo vedevo che era pensieroso; ma poi per consolarsi diceva che, a differenza di Giacomo e Gaetano, che erano scontrosi di natura, io andavo d'accordo con vecchi giovani ricchi poveri fimmine e masculi. E perfino con gli animali.

A mia madre piaceva raccontarmi come fu che io, terzo figlio in una famiglia che faticava a tirare avanti, venni a nascere a casa loro. Lei cuciva fino a notte tarda e di giorno faceva i servizi, badava alla famiglia e vedeva le clienti; era già sulla quarantina e si stancava assai: desiderava una figlia femmina per aiutarla e avere compagnia, ma mio padre non ne voleva sapere. Alla fine si rivolse a una magara, e quella preparò delle pozioni da dare a mio padre di nascosto e fece gli scongiuri giusti.

"Masculo eri, e non me l'aspettavo," mi diceva mia madre, "ma bellissimo e bianco di pelle come 'u Signuruzzu. Allora capii che era speciale 'stu figlio mio, e buono come un angelo mi doveva crescere. Così fu: bello e buono vinisti. Tuo padre voleva chiamarti Bede – dice che ne conobbe uno nel campo di concentramento –, ma al municipio ti scrissero Benedetto."

"A scuola devi chiamarti Del Mondo Benedetto," mi disse, quando andai in prima elementare.

Da allora accettai di avere due "io", Bede e Benedetto, e ci stavo bene.

Per me si sarebbero tolti il pane dalla bocca, i miei genitori e i miei fratelli. Alla fiera di Pezzino, mio padre trovava sempre i denari per comprarmi i giocattolini di plastica che mi piacevano; i fratelli mi portavano i primi fichi d'india maturi e bastava che io esprimessi il desiderio di una verdura – gli zarchi, la burrania – che quelli andavano a raccogliermela nella campagna di zu' Tano. Mia madre era più severa, ma anche lei cercava di accontentarmi quando poteva. Io ero la sua ombra. Faceva i lavori di casa in silenzio e io, zitto zitto, l'aiutavo – stendevamo la lavata sui fili nell'orto, stricavamo insieme le pentole di rame con la sabbia del fiume, spazzavamo il pavimento e passavamo lo straccio con il bastone, lucidavamo le basole degli scalini.

Mentre cuciva, mia madre era tutta un cicalio. Raccontava cose che le avevano insegnato a scuola e storie di famiglia e delle clienti, che lei avrebbe desiderato frequentare. Erano povere anche loro, ma a paragone di noi benestanti e lei non osava fare il primo passo. Mia madre era gelosa e protettiva con me – "perché sei speciale," diceva. Non mi permetteva di giocare per strada, ma gli altri bambini erano benvenuti a casa nostra. Imparai presto a togliere imbastiture, appattare bottoni, allisciare la stoffa con le mani prima di piegarla e riporla nel cassetto, mettere in ordine gli scampoli per colore e qualità, esaminare tutti i ritagli per trovare quelli adatti per fare le impugne, rettangolari per le pentole e quadrate, più piccole, per le caffettiere. Mi piaceva preparare gli strati di feltro che poi lei avrebbe tagliato per imbottire le spalline, rinforzare i reggiseni con la tela messa di traverso, cucire automatici e gancetti: tutti lavori di precisione. Era una goduria toccare le tele ruvide, le cotonine soffici, i feltri morbidi, il popeline incerato e il raso scivoloso, e poi passare il naso a cercare l'odore di ciascuno. Annusavo anche i corpi delle clienti: il profumo del borotalco applicato con il piumino sulle spalle, sotto i seni e le ascelle, l'odore acre delle cosce e dei piedi sudaticci.

Quando invece mia madre voleva stare sola con loro, andavo a sedermi accanto al banchetto di mio padre. Lui lavorava in silenzio. Respiravo il profumo intossicante della colla, gialla come l'oro e densa come il miele, quello pungente della pelle di vacca conciata, quello maschio del cuoio. E ascoltavo il picchiettio del martello sui chiodini, i colpi forti sulle tomaie, il rumore secco delle sforbiciate sulla pelle di capra, lo stridere della lama da affilare sulla striscia di cuoio. A volte lui raccontava storie di guerra. Non le finiva mai; a un certo punto non parlava più. Gli seccava la gola, e lasciava la frase a metà. Allora, ognuno pensava alle cose sue.

Ma a me piaceva soprattutto assistere alle prove delle clienti. Le ragazze prosperose in sottoveste erano una meraviglia. Mia madre appuntava sulla pettorina, con gli spilli, la stoffa per il corpetto già tagliata, drappeggiava sui fianchi quella per la gonna, formava le pieghe e le fissava in vita. Tutto occhi per le loro carni, rosate, tonde e soffici, io porgevo gli spilli. Avrei desiderato essere come loro. Una volta cercai di accarezzare il braccio ben tornito di una ragazza. "Garrusu pari Bede, ma 'un c'è!" disse quella, e rideva insieme alle altre, e ridendo mostrava i bei denti bianchi.

Mia madre mi carezzava i capelli, dolcissima. Lei sapeva già.

Ora vengo da te, mammuzza mia, e mi porto Anna.

4.

A Pedrara

Sabato 19 maggio
(Mara)

Aspettavo Viola, rosa dall'ansia. Era andata alla Rai a trovare suo padre. Alberto stava registrando il suo talk show, *In famiglia*, la puntata conclusiva della ventesima stagione. Viola doveva comunicargli che avrebbe abbandonato gli studi di antropologia. Non aveva il coraggio di dirgli che non era riuscita a superare gli esami del primo anno e che era stata buttata fuori dall'università. Inoltre, le ragazze con cui divideva la casa le avevano chiesto di lasciare la sua stanza a fine mese: Viola le metteva a disagio, con la sua fissazione di mangiare da sola e di cucinare a parte. "Troppe verità mi distruggono," aveva piagnucolato mentre me lo raccontava.

Per distrarmi, mi dedicai al cambio degli armadi, un compito faticoso ma piacevole. Conservavo i vestiti pesanti, lieta di ritrovare quelli estivi, leggeri e colorati. E pregustavo il piacere degli acquisti per la stagione: avrei seguito stupita e curiosa gli spostamenti progressivi della moda, e ancora una volta sarebbe stato come entrare in una pelle nuova. Prima di riporre nelle custodie abiti, giacche, cappotti, gonne e pantaloni, prima di piegare i maglioni e riporli con l'antitarme negli appositi scatoloni di cartone foderati con carta di giornale che sarebbero rimasti sopra gli armadi fino all'autunno, controllavo che tutto fosse pulitissimo e ben spazzolato. Osservavo ciascun capo con attenzione e quasi affetto, accarezzavo il tessuto come se fosse il pelo di un animale per saggiarne la qualità – osservavo i punti chiave: giromanica, collo, spalle e fodera – e certe volte facevo un'ultima prova: se la stoffa era bella e il capo cadeva bene valorizzando il corpo, l'avrei tenuto da parte fino all'autunno successivo o finché il vecchio sarebbe diventato vintage, tornando di moda. Altrimenti lo avrei dato via.

Me l'aveva trasmesso zia Anna, l'amore per gli abiti ben fatti. Alla fine di una lunga disputa ereditaria con il fratello, insieme ai mobili della casa di Zafferana aveva ottenuto certi bauli di biancheria da letto e abiti antichi: li teneva a Pedrara, e durante le lunghe vacanze estive io la aiutavo ad arieggiare gli abiti e a riporli. Dopo la morte di mio padre non me lo aveva più chiesto.

Avevo lavorato tanto alla collezione di scarpe DOM autunno-inverno, con la doppia spada di Damocle di un rilevamento della ditta e di un potenziale licenziamento – nel mio settore, una cinquantenne che non ha raggiunto il successo è considerata un limone spremuto –, ed ero stata ricompensata: le mie creazioni erano piaciute ai buyer sauditi e il nuovo amministratore delegato di DOM mi aveva fatto i complimenti, evitando accuratamente di accennare a un aumento di stipendio. Sentivo che sarebbe stato un anno buono per noi, e che Viola avrebbe ottenuto dal padre quello che chiedeva. Ogni tanto mi appoggiavo un vestito sul corpo e mi guardavo allo specchio. Portavo bene i miei anni e in bikini facevo ancora figura; a ogni buon conto, avrei preso un appuntamento con il chirurgo e prima delle vacanze mi sarei messa a posto.

Il laconico sms di Giulia fu seguito a ruota da una telefonata imperiosa: "Mamma soffre da alcuni giorni di una forte infezione urinaria, vaneggia. Non risponde ai farmaci. Il dottor Gurriero mi ha chiesto di avvertire te e Luigi che è molto grave".

La mia ultima visita a Pedrara era stata nel febbraio di tre anni prima. Vi avevo trascorso due notti prima di andare a Catania per la festa di Sant'Agata. I mandorli erano in fiore e la vista della valle bianca e rosa mi aveva allargato il cuore. Pensavo confusamente che anche per Viola sarebbe stato un conforto avere un posto a cui tornare, ma negli anni le nostre visite a Pedrara erano state rare e brevi e lei quasi non la conosceva: mi rendevo conto di non aver fatto niente per darle delle radici e forse adesso era tardi per provarci.

L'automobile a nolo mi aspettava all'aeroporto di Catania per portarmi a casa – altre due ore abbondanti di viaggio. Come mi aveva detto l'autista, nulla era cambiato: un breve tratto di autostrada, poi superstrada a doppia corsia – anche quella per poche decine di chilometri –, quindi una provinciale confortevole e, nell'ultimo tratto, una strada interpoderale che si restringeva e si arrampicava sull'altopiano in stretti tornanti.

Superato il bivio di Pezzino, l'automobile aveva imboccato una strada semiabbandonata che passava attraverso campi di restoppia delimitati da muretti a secco, con radi mandorli selvatici e melograni, che non ricordavo. La freccia con la scritta BOSCO DI SAN PIETRO era stata schiodata dal palo. Non una casa, non un capanno in vista. L'asfalto si era ridotto a una pista segnata da crepe profonde. Poi apparve il bosco di San Pietro, e mi ritrovai nei luoghi conosciuti.

La carreggiata tortuosa era stretta e permetteva il passaggio di un veicolo alla volta. L'ombra delle querce, ristoro graditissimo dopo il sole cocente del tavolato, anticipava la frescura che ci avrebbe accolto alla villa. Abbassai il finestrino. Dopo il tronco di un grosso olivo spezzato da un fulmine, la terra si sarebbe squarciata e avremmo visto la punta estrema della cava, dove le pareti si univano come le mani di un ciclope in preghiera. Ne sgorgava una grossa vena d'acqua che finiva, insieme al getto di una seconda sorgente, in una cavità di calcare. Le acque formavano un'altissima cascata a colonna – cadendo creava una polla schiumosa da cui un torrentello affluiva serpeggiando nel fiume Pedrara, che dava il nome alla cava.

Il sole calante colpì di taglio la colonna d'acqua: pareva una cascata di diamanti, tanto luccicava. E dimenticai zia Anna. Per un attimo soltanto.

L'autista si destreggiava con perizia lungo gli stretti tornanti che scendevano a valle. Lontano, di fronte a me, il costone di pietra era perciato da buchi neri: erano antiche tombe, alcune irraggiungibili, altre con un accenno di sentiero rasente la pietra nuda. Una vista familiare e molto amata. Lungo la parete, su per i sentieri, scorsi delle ombre scure in fila indiana: si infilavano dentro le aperture proprio mentre altre ne uscivano, come formiche operaie – alcune andavano, altre venivano –, ordinate e solerti. "Chi sono?" chiesi all'autista.

"Io non vedo nessuno."

Gliele indicai; lui guardò e poi ripeté deciso: "Io non vedo nessuno".

Tentai di prenderla alla lontana: "Ci sono africani da queste parti?".

"Non lo so. Io non me ne occupo." E sterzò per entrare in una densa macchia di lecci. Quando ne uscimmo, i neri erano scomparsi.

Mi appoggiai allo schienale e chiusi gli occhi, stanca.

"Da quando non ci tornate, a casa vostra?"

Sobbalzai. L'autista indicava una massa scura in basso – la villa di Pedrara –, la torre si riconosceva appena. Non gli risposi. Lui cambiò argomento. "Sempre me voleva all'aeroporto donna Anna, ogni volta che il dottor Lo Mondo non poteva andare a prenderla. Io solo avevo la sua fiducia. Donna Anna era felice di tornare a casa sua." Mi guardò dallo specchietto retrovisore: "Vostra madre è accudita come una regina". E premette sull'acceleratore.

Il cancello di ferro battuto, spalancato, ci invitava a imboccare il viale basolato che portava alla villa.

Il crepuscolo indietreggiava dinanzi alle linguate della notte. Le mattonelle di ceramica maiolicata che incorniciavano finestre e balconi erano lucide e spiccavano contro l'intonaco della facciata, già scuro. Il profumo dei fiori di notte e dei gelsomini, annaffiati di fresco, saliva ad avvolgere la villa.

Come se ci avesse spiato, Bede apparve sulla porta mentre scendevo dall'automobile. Indossava la sua classica mise, quella dei suoi vent'anni, ammirata da tutta Alessandria: galabeya di cotone bianco a righine grigie e nere, aderente sulle spalle e marcata in vita, che cadeva morbida a sfiorare le babbucce di marocchino beige. I capelli neri, divisi da una scriminatura centrale e raccolti in un codino, davano risalto agli zigomi alti, alla fronte liscia con folte sopracciglia ben disegnate e agli enormi occhi a mandorla verde-blu. L'abbronzatura era esaltata dal bianco della galabeya. Androgino, ambiguo, era straordinariamente sensuale. Quasi senza età.

Bede si scusava: doveva uscire. Lo stesso autista che mi aveva accompagnato l'avrebbe portato a un appuntamento. Sarebbe tornàto entro mezzanotte; Pina, sua nipote, era con la zia e avrebbe aspettato il suo ritorno. Poi passò a parlare della salute della zia: aveva bevuto tutto il brodo e ora riposava; il dottor Gurriero era venuto quel pomeriggio: nonostante lei non avesse reagito all'antibiotico come aveva sperato, l'aveva trovata più lucida e...

Si interruppe, dietro di lui erano spuntati Giulia e Pasquale. Bede prese la mia borsa. "La porto nella foresteria al primo piano, ti aspetto lì..." E si dileguò su per la scala, lasciando noi tre sull'uscio.

"Ah, ce l'hai fatta!" Giulia aveva un sorriso tirato sul bel volto. Mi porse la guancia distratta; il bacio sapeva di sudore. I capelli chiari erano disordinati, e lei sembrava magrissima in camicetta e jeans troppo grandi.

"Benvenuta!" Pasquale mi mise le mani sulle spalle, mi attirò a sé e mi stampò due baci sulle guance. "Hai fatto bene a venire, vostra madre è agli sgoccioli. È un grande conforto per Giulia averti qui."

Lei nel frattempo aveva preso da terra Mentolo, il suo gatto rosso, e lo carezzava. "Aspettiamo Luigi, stasera..." E poi aggiunse, ostile, senza guardarmi: "Noi ci siamo accampati nella sala da pranzo e nell'anticucina. Ceniamo insieme, se vuoi".

"Prima voglio vedere la zia," risposi, e salii veloce.

La stanza era al buio; Pina – la riconobbi appena – si alzò dalla sedia accanto al letto e accese l'abat-jour, velata da un quadrato di seta color ambra. Zia Anna era assopita, la testa sprofondata nel guanciale. Pina cercò di svegliarla. Le sussurrava, le solleticava la guancia. Lei fece un mezzo sorriso e continuò a dormicchiare. Il volto sembrava privo di rughe, rosato, fresco. Le strinsi la mano. "Zia, sono Mara! Sono appena arrivata da Milano!" La zia si riscosse, aprì un poco le palpebre, ma subito le richiuse. Le posai la mano sul lenzuolo.

"Ho sete..." mormorò.

Tolsi il bicchiere a cannuccia dalle mani di Pina. "Zia Anna, sono Mara... ecco, bevi." E cercai di sollevarla dal cuscino.

Lei alzò di nuovo le palpebre, una fessura soltanto – fissava il bicchiere. Poi lo sguardo risalì lungo il mio braccio e di lì al mio viso. Si irrigidì. "Vattene... vattene! Voglio Bede! Dov'è Bede?"

Scrutava agitata nella penombra, mentre io le ripetevo: "Bevi un sorso d'acqua! Sono venuta apposta da Milano per vederti...".

Tutto a un tratto lei respinse la mia mano, rovesciando il bicchiere. "Bede! Bede!" E a me: "Vattene!".

Giulia mi aveva seguita ed era rimasta in disparte, col gatto in braccio. "Non ti vuole," disse senza sentimento. "Non ti vuole, vuole soltanto Bede."

"Bede! Bede!" gridava la zia. Mi guardava come mi aveva guardata Alberto quando ero andata nel suo camerino per congratularmi, alla fine della prima stagione di *In famiglia*.

Avevo lasciato a casa Viola, neonata, ed ero entrata senza bussare, per fargli una sorpresa; lui ne sarebbe stato contento, ne ero certa. Seduta sul tavolo del trucco, una velina mezza nuda copriva la foto di Viola infilata nella cornice a lampadine. Accanto, una bottiglia di spumante, due calici e un plateau di ostriche. Lo sguardo duro di Alberto. "Vattene," mi aveva ingiunto, la voce piatta.

Uscii dalla stanza insieme a Giulia. Trattenevo a stento le lacrime. Lei se n'era accorta ed ebbe un momento di incertezza, come se volesse dirmi qualcosa. Richiuse la porta e di nuovo parve sul punto di parlare, ma poi si limitò a lanciarmi uno sguardo sfuggente e se ne andò grattando il muso di Mentolo che faceva rumorosamente le fusa.

5.

Certe amare verità

Sabato 19 maggio
(Bede)

Per tanto tempo ho sentito estranee le figlie di Tommaso, ma poi ho imparato a volergli bene. Specialmente a Mara. Me l'hai insegnato tu. Eppure, quello che Mara e io ci siamo detti nel nostro ultimo incontro ha lasciato l'amaro in bocca a tutti e due.
Che peccato.

Aspettavo Mara nel balcone della sala del primo piano, di fronte alla rampa finale della scalinata di legno scolpito che dall'ingresso portava di sopra.

Davo le spalle al giardino, le mani ben distanziate sulla ringhiera di ferro battuto, come suo padre e come me, quando aspettavo l'arrivo di Anna. Da lì si controllava l'interno della villa: il vestibolo quadrato al pianterreno, su cui aprono quattro porte – quella d'ingresso, di fronte al mio posto di vedetta; ai lati quelle della sala da pranzo e della foresteria e, invisibile, sotto la scala, quella del salotto.

"Vieni, Mara," la chiamai mentre saliva. "Vorrei parlare con te a solo. È importante." Dall'ultima volta che l'avevo vista era sciupata, ma sempre elegante.

"Aspettiamo Luigi, verrà più tardi," suggerì lei.

"No," insistetti. "Tu sei la maggiore. Vieni."

Le ricordai cosa avevo detto a lei e a Giulia nel gennaio precedente, a Roma, che avrei portato Anna a Pedrara e avrei

badato a lei fino alla fine, da solo. Non avevo bisogno del loro aiuto, e nemmeno di denari. La guardai dritto negli occhi:
"Sappi che vostra madre non è mai stata in pericolo di morte".
"Giulia è convinta..." cominciò lei.
La interruppi. "Giulia non avrebbe dovuto chiamarvi. Avrei informato io tutti voi, se ce ne fosse stato bisogno. Donna Anna non sta morendo."
Mi premeva parlarle di Giulia.
Era venuta con Pasquale per accompagnare la madre. Sarebbero dovuti tornare subito a Roma, e invece niente. Si erano portati borse e valigie. E pure il gatto. "Quello non ha nessuna intenzione di andarsene. Prima faceva lo scultore, si era messo a intagliare il legno secco trovato in campagna. Poi ha scoperto una vena di argilla ed è diventato ceramista: modella 'opere artistiche', così le chiama, e vasellame." Feci una pausa. "Ma soprattutto si impiccia nei fatti degli altri e interferisce con i gestori delle serre."
Girava ovunque nella villa, frugava nei cassetti, apriva gli armadi e toccava tutto. Poi lasciava le cose a soqquadro. Giulia era al suo servizio e con la madre stava poco e niente. Non parlava nemmeno con il dottor Gurriero, che veniva immancabilmente ogni giorno a vedere la malata. Giulia e Pasquale dovevano andarsene.
"La villa è casa vostra, siete e sarete sempre i benvenuti. Ma non per badare a vostra madre. Quella è cosa mia," le dissi.
Mara ascoltava, tristissima. Mi pentii di aver usato un tono autoritario. Avrei voluto consolarla. Ma guardai l'orologio e mi accorsi di essere in ritardo. La lasciai, senza abbracciarla.

Tutto quel correre, tutto quel tempo. Il mio tempo. Lavoro, lavoro, di interprete, traduttore, calligrafo, organizzatore di congressi. Occuparmi della manutenzione della villa, mandare

avanti le attività legate a Pedrara. E avere a che fare con quei due
stupidi. Tutto di corsa, per poter badare a te, per farti contenta.
Anna, ora a noi due non resta che il riposo.

L'autista mi aveva lasciato al bivio di Pezzino. Lì il bosco
di San Pietro era fitto, sembrava impenetrabile. Vi entrai per
uno stretto varco: poco più in là mi aspettava, al solito posto e a fari spenti, l'automobile del Muto. In pochi minuti
raggiungemmo il deposito della ferrovia: una larga costru-
zione in stile fascista, a due piani, sul bordo del precipizio
della cava di Pedrara. Nel guardaroba era rimasta soltanto
la mia cappa, appesa al gancio numero tre insieme alla mia
maschera, Pantalone. Il nome era scritto sotto il gancio. Ai
ganci del Numero Sei – il Dottor Balanzone – e del Numero
Sette – Brighella – era appeso un giummo rosso: quel giorno non erano attesi. Il Muto aspettò che mi vestissi e poi mi
accompagnò nella sala di riunione. Gli altri Numeri erano
già seduti ai loro posti.

Il Numero Uno, a capotavola, si tormentava il mento sotto la maschera di Arlecchino.

"Arrivarono?" mi chiese senza salutare.

"Buonasera a tutti. La grande arrivò una mezz'ora fa; il
figlio arriva stanotte."

Numero Uno: "Sapete quando se ne andranno?".

"Non lo so," risposi. "È tutta opera della figlia minore."

Numero Uno: "Come li state invogliando ad andarsene?".

Numero Due, Peppe Nappa: "Rispondo io. Abbiamo mandato messaggi al compagno della figlia minore. Tardo è, ma
comincia a scantarsi...".

Numero Uno: "Dobbiamo fare in fretta. Devono sloggia-
re, tutti. Ho ricevuto la conferma oggi che mercoledì mattina sbarcheranno duecento passanti e arriveranno qui la sera
stessa. Dove li mettiamo?".

Numero Due: "Nelle cammare a grappolo c'è spazio. Le
serre sono al completo".

Numero Quattro, Giangurgolo: "Mi dicono che ci sono tre malati".

Numero Uno: "Lasciateli a me. Portateli nella solita 'infermeria'".

Numero Due: "Ne mangiano maiale?".

Numero Uno: "Niente carne, di nessun tipo. Risparmiamo. Riso, fagioli, cacio e frutta".

Numero Cinque, Capitan Rodomonte: "C'è altro? Dovrei essere a una premiazione del Rotary".

Numero Uno: "Sì, altro. Mi preoccupano, 'sti babbi. Il tempo corre, oggi è sabato. Se entro lunedì sera non se ne saranno andati dovremo agire. Dobbiamo pensare a un ricovero dell'anziana nella clinica dei nostri amici di Catania. Oppure a Siracusa".

"Eravamo d'accordo che questo non sarebbe avvenuto," obiettai. Guardai a una a una le maschere incappucciate e ribadii: "L'anziana deve restare alla villa".

Numero Uno: "Quando mai uno ha detto a me 'deve', Numero Tre? Questo non è linguaggio per questa compagnia".

"Eravamo d'accordo," ripetei.

Numero Uno, alzando la voce: "Io non me lo ricordo. Chi di voi altri s'arricorda di questo 'accordo'? Per essere chiari, il Numero Tre dice che l'anziana non deve lasciare la villa... tranne che cu i pedi nn'avanti. Per caso uno di voi se l'arricorda?".

Silenzio.

Numero Due: "Pensiamo intanto a sistemare 'sti duecento passanti e poi si vede".

Numero Uno, togliendo la mano dal mento e sollevandola a palma aperta verso di noi: "Alt! C'è un'altra considerazione: ho sentito dire che un forestiero cerca un garruso che suo padre incontrò il giorno che fu ammazzato, anni fa. Dice che ha il Dna... Io gli ho fatto capire che non c'è traccia di 'stu picciottu".

Numero Quattro: "Bisogna stare all'erta. 'Nsamai, vorrei mano libera".

Numero Uno: "Se diamo al Numero Quattro quello che chiede, il Numero Tre deve dare a me personalmente mano libera con tutti 'sti babbi. Inclusa l'anziana".

Numero Due: "Sono d'accordo con quanto dice il Numero Uno e voglio ricordare al Numero Tre e a tutti voi che sono invecchiato e non sarei capace di rifare quello che ho fatto da giovane".

Risposi: "Fate quello che dovete fare, Numero Uno. Senza sofferenza p'a puvaridda".

Numero Uno: "Promesso, senza fare soffrire, 'nsamai è necessario". Dopo una pausa ripeté: "'Nsamai è necessario. Tutti d'accordo?".

E il Numero Uno batté la mano sul tavolo.

Un attimo dopo, batterono sul tavolo anche le altre mani. Inclusa la mia. La stanza rintronò.

Tornai alla villa con i miei fratelli, prendendo la Via Breve. Non dissi parola, e nemmeno loro. Non c'era niente da dire. Gaetano era pensieroso; sterzava lungo le curve a vite come se le facesse per la prima volta. Quando scesi, Giacomo mi diede una pacca sulla spalla.

Andai dritto nella tua camera, Anna. Era come se ti avessi tradito. Ma non avevo scelta. Non più.
La notte, mentre dormivi, mi presi a pugni in testa.

6.

Tre figli

Sabato 19 maggio, sera
(Mara)

Disfacevo la borsa. Un bussare insistente e la porta si aprì. La cena era pronta, annunciava Giulia. Ma non se ne andava, rimaneva sulla soglia.

Cominciò col dirmi che Pasquale doveva tenersi al corrente sugli sviluppi della ricerca sulla desalinizzazione dell'acqua marina: ex insegnante di chimica, ambiva a diventare consulente di Slow Food e doveva aggiornare quotidianamente il suo blog, che aveva un buon seguito. Non feci commenti. A quel punto Giulia mi si avvicinò, voleva sapere di cosa avevamo parlato, Bede e io. Mi concessi la cattiveria del silenzio; toglievo la biancheria dalla borsa lentamente e la disponevo con pignoleria nei cassetti: le calze da una parte, gli slip accanto ai reggiseni, le magliette invece sul ripiano. Lentamente e a occhi bassi, come se si vergognasse, Giulia prese a spiegarmi che stare a Pedrara costituiva un grosso sacrificio per Pasquale e un ostacolo per le sue prospettive di lavoro, anche se lui lo faceva con piacere per aiutare lei e la mamma nella loro ricerca.

Mi raddrizzai e la guardai negli occhi. "Sacrificio, ricerca... ma di che parli?"

"Già, tu vivi a Milano. Hai dimenticato." Stavolta lo sguardo di Giulia era puntato su di me – il rimprovero rancoroso dei fratelli – e andava a segno. Mi sentii a disagio; avrei dovuto abbracciarla, confortarla, ma non ci riuscivo. Giulia era certa che la zia non fosse andata a Pedrara per essere accudita da Bede, e nemmeno per risparmiare. C'era andata per cercare il tesoro di famiglia: i gioielli di nonna Mara. "La tua omonima, l'adultera a cui tutti dobbiamo tanto!"

"Non vedo perché tu debba infangare la memoria di nonna Mara..." cominciai, ma subito me ne pentii.

"Già, sui giornali *quella* Mara Carpinteri non ci andò mai." E Giulia tacque.

Ero stata su tutti i rotocalchi, a diciott'anni. Avevo avuto una storiella con un noto giornalista quarantenne, prossimo alle nozze con la figlia del presidente della squadra di calcio campione d'Italia. E una mattina, in albergo, aprendo la porta della camera per ritirare il vassoio della prima colazione, ero stata pizzicata da un fotografo.

Senza dire niente, finii di sistemare gli abiti nell'armadio.

La zia sapeva di avere un inizio di Alzheimer, mi ricordò Giulia, e aveva lasciato Roma per cercare il nascondiglio dei gioielli prima di diventare demente. "È un vero tesoro! Lei intendeva venderlo per pagarsi le cure e poi distribuire il resto a noi tre!" Giulia divenne quasi affettuosa: "Ecco, con te e Luigi potremmo fare delle ricerche sistematiche, a tappeto. Una volta trovati i gioielli, ci riporteremo la zia a Roma". La presenza di Bede e delle sue nipoti le aveva reso impossibile aprire un solo cassetto nella camera della zia. In compenso, lei e Pasquale avevano messo sottosopra il pianterreno con la scusa di impiantare un laboratorio di scultura e di ceramica nella sala da pranzo e nell'anticucina. "Non abbiamo trovato nulla," disse, triste. Mi fece quasi pena: da dieci anni Pasquale le viveva addosso come una sanguisuga; lei lo manteneva e pagava i suoi cosiddetti viaggi di studio – incluse le spese del figlio, quando lo accompagnava – con i suoi guadagni di fisioterapista.

Giulia si era ripresa: "Mamma non voleva lasciare Roma!

Vi è stata costretta dalle ristrettezze. Andare a morire proprio dov'è morta sua sorella dev'essere straziante".

E così dicendo se ne andò.

Rimasi in piedi, le braccia sconsolate lungo i fianchi. Mi cresceva dentro una rabbia sorda contro Giulia. *Sua sorella.* Così lei chiamava nostra madre. L'aveva rimossa dalla memoria e dalla sua vita come tanti altri avvenimenti, persone, fatti, per vivere come un'illusa. Mamma a Pedrara, mamma dai capelli chiari come quelli di Giulia. Mamma sottomessa ai capricci di nostro padre e che la sera, nella sua stanza, si confortava con un bicchierino di Crème de menthe. Mamma appoggiata ai cuscini di velluto che ci raccontava storie, mamma nella veranda che ci offriva albicocche appena raccolte. Mamma nella nostra stanza da gioco che disegnava con noi, Giulia tra le sue braccia, io seduta al tavolino. Quel ricordo, in particolare, era rimasto indelebile: una giornata ventosa; un fascio di luce che batteva sul vetro rosso della finestra attraverso le foglie delle palme scosse dal vento. Era un gioco di ombre. Andavano e venivano, formando disegni diversi sulla carta, sui nostri grembiulini e sul tappeto. Con le braccine tonde Giulia cercava di inseguirli e afferrarli. Mamma rideva e io ero felice.

Era morta a Pedrara per un incidente banale, quasi ridicolo: il piede le si era impigliato tra la branda e la sponda del letto e lei era caduta senza avere il tempo né la prontezza di parare il colpo con le mani, la testa aveva assorbito tutta la violenza dell'urto. L'avevano portata all'ospedale e noi bambine eravamo rimaste a casa, affidate al personale. Erano in tanti a cercare di tenerci occupate, a cercare di distrarci. Ci avevano dato carta e matite: non avevamo voglia di disegnare, e la carta rimaneva bianca. Ci offrivano pane, miele, biscotti: li spilluzzicavamo. Poi ci portarono in giardino. Giulia e io chine sul bordo della fontana rotonda, quella con il fondo a scacchi bianchi e neri, marmo e lava, con al centro una ninfa dai piedi zampillanti. Gettavamo dentro tutto quello che trovavamo – foglie, rametti, fiori appassiti, piume di uccelli e pietruzze. Nessuno ci rimproverava. Immergevamo le mani nell'acqua e la scuotevamo, raccoglievamo foglie morte e gli insetti dalle lunghe zampe che sfioravano la superficie. Nessuno ci ordinava di non farlo. Potevamo perfino leccarci le dita bagnate, e tirare le pietruzze ai pesci rossi e dorati. Poi, nell'attesa, avevamo cominciato a fare barchette di carta, tante; convergevano a una a una, o in una piccola flottiglia, verso lo zampillo centrale e affondavano. Tutte. Le spingevamo sull'acqua e Giulia mormorava, a ciascuna: "Alla mia mamma". Io sentivo un nodo alla gola; avevo perduto la voce e le spingevo schioccando le dita. Ora Giulia sostiene di averlo dimenticato, o dimentica affermandolo.

Poi, il silenzio degli adulti. I passi di nostro padre sulla ghiaia del viale. Solo. Ricordo lo scricchiolio delle pietre, l'incedere pesante, il volto terreo. I presentimenti. Veniva da noi. Dietro, lontano, altra gente. Papà si ferma e per primo abbraccia Bede. E poi piange sui nostri grembiulini.

Rivedevo noi tre come in una fotografia in bianco e nero, e come se io non avessi nulla a che fare con quella bambina alta dai capelli crespi, desolata.

La terrazza davanti all'anticucina, separata da quella padronale da un'inferriata con lo stesso motivo ornamentale del cancello, era stata trasformata in soggiorno-atelier di Pasquale: le sue sculture lignee e le opere di creta erano esposte lungo l'inferriata, da cui pendevano, appesi a ganci di plastica colorata, mazzi di origano, alloro e rosmarino fresco. In un angolo, la giara in cui un tempo si conservavano le olive in salamoia era piena di argilla fresca, che bisognava tenere umida e lavorare perché non si indurisse – uno dei compiti giornalieri di Giulia, mi spiegò lui.

Pasquale aveva apparecchiato nell'anticucina e si scusò per l'ospitalità alla buona. "Oggi è stato un giorno di grandi emozioni: donna Anna è scampata a una morte quasi certa," disse, riempiendomi il piatto.

Aveva preparato risotto alle erbe, stufato di coniglio – da lui impallinato nel boschetto – e prugne del giardino, accompagnati da acqua della sorgente che sbucava nella cisterna sotto la torre e da un vinello frizzante comprato a Pezzino. Come un ristoratore, elencava gli ingredienti di ogni piatto e ne spiegava la preparazione nei minimi dettagli; poi si complimentava da solo prima che potessimo assaggiare. A suo dire, perfino le prugne erano particolarmente buone perché, invece di lavarle immergendole nel lavandino, le aveva irrorate di acqua di sorgente e poi le aveva lasciate asciugare su una pietra di pece: "Il metallo dello scolapasta ne avrebbe alterato il gusto, e anche la plastica se è per questo," spiegò compunto.

Una cena eccellente, con un'atmosfera tesa. Ogni volta che apriva bocca, con un guizzo degli occhi Pasquale cercava l'assenso di Giulia, che tuttavia parlò pochissimo e sempre rispondendo a lui. In compenso, si dava da fare a cambiare i piatti, riempire i bicchieri, servire le pietanze.

Aspettavamo la telefonata di Luigi dall'aeroporto, che non arrivava. Cercammo di chiamarlo, ma il cellulare era spento. Sbadigliando, Pasquale fece un lungo discorso sulla sua stanchezza: si alzava all'alba per fare ginnastica sul belvedere, dove la fontanella della vasca moresca gli faceva da doccia, poi andava a prendere dalla cisterna il primo dei tre bummuli di acqua fresca della giornata per l'idroterapia – tutte le mattine si lavava le budella con un litro e mezzo d'acqua prima del caffè e poi ne beveva altri quattro e mezzo durante la giornata. "Sei litri d'acqua e cinque frutti al giorno mantengono meglio di una manciata di vitamine, e costano molto meno!" disse soddisfatto. Dopodiché, con un ennesimo sbadiglio e un "con permesso", comunicò che si ritirava per la notte. Per farsi perdonare di non aver aspettato Luigi, avrebbe preparato la prima colazione l'indomani. Giulia gli carezzò il braccio. Se non mi dispiaceva rimanere da sola, sarebbe andata a dormire anche lei.

Eravamo molto legati, Luigi e io. Più grande di lui di dieci anni, lo proteggevo nei bisticci con Giulia, gelosa di aver perduto la posizione di figlia minore, e lo difendevo dai rimproveri della zia, che al proprio figlio negava la dolcezza che elargiva a me e a Giulia. "Ho paura di viziarlo e di farlo crescere egoista come suo padre," spiegava quando le chiedevo perché era stata così severa con lui. Paura di viziarlo, povero Luigi. A ripensarci ora, da lontano, erano state tante le forme in cui aveva cercato di tradurre la sua domanda di cura, di attenzione. Quando morì nostro padre, Luigi, a sei anni, fu mandato alla scuola tedesca; due anni dopo andò in collegio in Svizzera, da lì passò all'Università di Liegi e poi seguì la carriera di nostro padre in diplomazia. Sempre rispettoso e obbediente, solo due volte ci diede qualche affanno, e sempre per amore. La prima quando, durante il master all'Università di Bologna, mise incinta una compagna di studi, Ada – lei era figlia di un ricco imprenditore trentino, entrambe le famiglie erano religiose e i due si sposarono. La seconda, quando si innamorò di Natascia, la bellissima au pair di un collega, e volle il divorzio per sposarla. La zia, sconvolta, aveva fatto fuoco e fiamme, ma invano: e Ada se n'era tornata a Trento con Thomas, il figlio dodicenne. Mio fratello era un uomo poco ambizioso, senza immaginazione e pavido; un fedele servitore dello stato, che nella vita privata rifuggiva dalle responsabilità. Ma gli volevo bene.

Faceva umido. Ero sul balcone, avvolta nello scialle di cachemire a disegni verdi che avevo trovato ben piegato sul mio letto; alla conoscenza delle regole dell'ospitalità, Bede aggiungeva un tocco personale di buon gusto: quei toni di verde si intonavano perfettamente alla mia carnagione e ai miei capelli ramati. Aspettavo nel buio l'arrivo di Luigi. In lontananza, sull'altopiano, si sentiva l'abbaiare dei cani, botta e risposta. Soltanto allora mi ero resa conto che da quando era morto nostro padre a Pedrara non si erano più tenuti cani, e nemmeno guardiani. Credetti di riconoscere, in mezzo a quel rimandarsi e incrociarsi di latrati, anche il grido di una volpe. Poi tacquero tutti. Il generatore di elettricità anziché ronzare si rummuliava come un motore affaticato. Nel sonoro silenzio della campagna, guardavo affascinata la parete di roccia che il buio faceva sembrare più vicina: il nero era interrotto da lucine intermittenti simili a lucciole, ma di colori diversi. Immaginavo che fossero occhi di animali selvatici. Fui richiamata alla realtà dalla voce di Luigi, era entrato in casa e stava pagando l'autista. Non lo avevo sentito arrivare. Mentre gli scendevo incontro, di fretta, mi affacciai nella stanza della zia: era sola e addormentata.

Luigi volle vedere subito la madre. Passò accanto a Bede, sdraiato nel letto singolo ai piedi di quello matrimoniale con il lenzuolo tirato sul viso – una zanzara gli ronzava sulla testa –, e sfiorò con un bacio la fronte di zia Anna, senza svegliarla. Ce ne andammo in punta di piedi, come eravamo entrati. "Mi avevi detto che Bede era uscito," mi disse, appena fummo nel corridoio. "È imbarazzante entrare e vederlo a letto."

"Non c'era quando sono passata da lì mentre scendevo, un attimo fa. Sarà venuto dopo di te."

"Allora è arrivato da poco. Si sarà tirato su il lenzuolo per non farsi vedere da noi? Boh... Strano, non lo abbiamo sentito rientrare..." E Luigi, perplesso, si passò le dita tra i capelli, spingendo indietro il ciuffo che gli spioveva sulla fronte.

Andammo nello studio, la stanza dove, quando era piccolo, ci rifugiavamo a parlare e a guardare i libri illustrati di nostro padre. Concepito come un boudoir nello stile mammalucco, era arredato con mobili intarsiati di madreperla, divani morbidi e profondi e librerie a muro, interrotte da mensole di legno più scuro su cui erano disposti vari oggetti acquistati da nostro padre nel corso degli anni – anfore, ciotole, boccali di ottone lavorato, lampade traforate, cloisonnerie, candelabri di bronzo e vasetti di opalina. Pulitissimo e ben tenuto, era rimasto tale e quale. Mi ricordava gli anni felici in Egitto.

Luigi diceva che Thomas gli dava preoccupazioni: era incline alla depressione, e al tempo stesso a imprevedibili colpi di testa, Ada lo aveva portato da uno psichiatra che gli aveva prescritto degli psicofarmaci. Da due anni Thomas era tornato a vivere a Bruxelles, da lui, per prendere il baccalauréat; non andava d'accordo con la madre e nemmeno con Natascia, che pure – Luigi si premurò di dirmelo – faceva di tutto per far capire a Thomas che era ben accetto da lei. Il ragazzo non aveva fidanzate, sembrava poco interessato alle donne. "Mi dispiace," mormorò Luigi, e si guardò intorno; lo studio, pieno di grandi cuscini quadrati di velluto e broccato decorati con nastri, passamanerie, bordi di filigrana e giummi, aveva un non so che di voluttuoso e molle.

"È il gusto di papà, vero?"

Annuii.

"Sai perché i tuoi fratelli non presero moglie?"

Non lo sapevo, ugualmente risposi che se gli zii non fossero morti in guerra, ancora giovani, probabilmente si sarebbero sposati. Luigi mormorò come se parlasse con se stesso: "Chissà se non c'è una vena di omosessualità nella nostra famiglia".

Mi guardò sgomento, chiedeva rassicurazione. Nostro padre, che ricordavo bene, era un uomo che amava la vita; si divertiva a sbalordire gli altri con le sue stravaganze, con gli abiti orientali che indossava in casa e le pipe ad acqua. "Si sarà fatto i suoi spinelli, ricordo che teneva in casa una pianta di marijuana, e non disdegnava amicizie particolari; ma sotto sotto era un conformista. Non dimenticare che quando morì era ambasciatore presso la Santa Sede, e che ha preso ben due mogli e avuto tre figli!"

"Già," rispose Luigi, e fece per portarsi la mano ai capelli, ma si fermò. Forse aveva ragione Natascia: secondo lei Thomas era perfettamente normale, lo dimostrava il fatto che quando lei indossava le minigonne e accavallava le gambe le dava occhiate che la mettevano in imbarazzo.

"E lei come reagisce?"

La risposta di Luigi – "Indossa i pantaloni, quando lui è da noi" – non mi intenerì.

"Attillati, immagino."

Luigi non colse la malignità delle mie parole: "Ne ha tanti di pantaloni, larghi, stretti, alla caviglia...", e cambiò tono. Avrebbe potuto vivere bene con lo stipendio di primo segretario di ambasciata, se non fosse stato per gli alimenti da pagare a Ada e le spese della nuova moglie, che lui definiva "high maintenance". A differenza del primo, sciapo matrimonio, quello con Natascia, caldo e intenso, lo appagava in pieno. Ma lei non voleva lavorare né studiare. La sua ambizione era essere una moglie e basta. "Senza dubbio lo è, sublimemente dal mio punto di vista. Ma a caro prezzo: viaggi, amicizie con gente molto più ricca di noi e quindi costose, guardaroba all'ultima moda, iniezioni di botox, piccole operazioni..." E Luigi si fermò: aveva notato i miei zigomi tirati.

Poi riprese: "Ho tre incubi: essere tradito, morire povero e avere un figlio omosessuale".

Luigi avrebbe parlato fino a tardi, ma io mi ero stancata di ascoltarlo e suggerii di andare a dormire. Lo accompagnai nella sua stanza. Alle pareti c'erano ancora un grande poster di Topolino e una sequenza di fotografie dei primi treni della ferrovia Siracusa-Ragusa: si vedevano i convogli uscire dal tunnel di Pantalica, correre, sormontati da batuffoli di fumo bianco che spiccavano contro lo sfondo della roccia grigia, sulle rotaie fiancheggiate da pareti a picco, passare sui ponti sopra l'Anapo. Mancava una borsa, Luigi l'aveva dimenticata nell'ingresso. Mi offrii di andare a prenderla mentre lui disfaceva la valigia e nel vestibolo notai una lama di luce sotto la porta della sala da pranzo. Poi dei suoni. Giulia e Pasquale erano svegli. Mi avvicinai. "Vai sulla mattonella di Giulia!" Mi fermai. Con chi parlava Pasquale? "Vai sulla mattonella di Giulia!" ripeté. Era un ordine. Udii come uno strisciare sul pavimento, un ansare. E poi colpi ritmici e ripetuti. "Stai ferma!"

Luigi era in bagno. Quando ritornò in camera, in pigiama e a piedi nudi, sollevai il lenzuolo e la coperta di piquet per farlo entrare nel letto, come facevo quando era piccolo. Lui infilò i piedi sotto il lenzuolo e si distese. Aspettava che lo coprissi. Gli rimboccai il lenzuolo e lo rassettai lisciando il risvolto ricamato. Una carezza sulla guancia, e mi piegai per il bacio della buonanotte sulla fronte. Esattamente come quando eravamo ragazzi.

Non riuscivo ad addormentarmi. Quei colpi nella sala da pranzo mi erano rimasti dentro. Giulia e Pasquale. Non me lo sarei mai aspettato. Mi alzai, scesi in punta di piedi e ritornai davanti alla porta. Mi abbassai per guardare dalla toppa, ma era tutto buio. Ascoltai, l'orecchio contro l'anta. Silenzio. Risalii nella mia camera e mi avvicinai alla finestra: attraverso le stecche delle persiane scrutai nell'oscurità, poi tornai a letto. Mi sembrava di essere sul punto di assopirmi, ma non ci riuscivo. Ero inquieta. Pensavo ai neri che camminavano in fila lungo le pareti della cava e alle strane luci che tremolavano qua e là sulla roccia mentre aspettavo mio fratello. E poi, di nuovo quei colpi. Giulia e Pasquale. Nel dormiveglia affiorava il ricordo sommerso della morte di mia madre e l'abbraccio di mio padre davanti alla fontana con i pesci rossi, con una donna... No, mi sbaglio, non era una donna, era Bede.

Ma chi era, mio padre?

7.

Le vicissitudini di Pasquale

Domenica 20 maggio, alla prima colazione
(Mara)

Mi ero svegliata presto, dopo un sonno di piombo ma
senza ristoro. Era come se le preoccupazioni della sera precedente avessero attinto al riposo notturno per rinvigorirsi,
crudeli. Zia Anna, fonte di costante affetto incondizionato,
era sul punto di morire. O forse no, come sosteneva Bede,
ma io volevo comunque essere con lei.

La porta della sua stanza era chiusa; non osai bussare.
Dirimpetto, il corridoio si allargava in un bovindo che dava sul giardino. Al centro, un tavolino orientale – gambe di
legno traforato, ripiano di ottone sbalzato e vasetto di gelsomini freschi – con due poltroncine imbottite; mi soffer-
mai ad ammirare la tappezzeria, scelta da zia Anna: in tinta
con la carta da parati, riprendeva le tonalità dei vetri colorati delle finestre.

La porta intanto si era aperta e ne uscì, carica di biancheria da lavare, una donnetta smilza con l'aria un po' stralunata: era Nora, la gemella di Pina. Appoggiata ai cuscini con
le federe fresche di bucato, la zia aveva appena fatto toletta.
Profumava di acqua di colonia e mi accolse con un bel sorriso. Tenendomi stretta la mano, barbugliava: "Ma-mara vi-o,
vi, bi, vi, vio," e lo sguardo diventava vago, poi infastidito,
poi pietente. Conscia di non poter comunicare a parole, chiedeva di Viola con gli occhi. L'aveva adorata sin dalla nascita.

Le raccontavo di lei, esagerando le cose belle e attingendo dal passato – era andata alla Scala con indosso un prezioso abito di Fortuny ed era stata molto ammirata, aveva guadagnato dei bei soldi cucendo bambole di pezza decorate con bottoni e vendendole alla Fiera di Senigallia, ai Navigli – e la zia sorrideva, rassicurata. Nel frattempo erano tornate le gemelle: i lineamenti erano diversi, ma la voce e la gestualità erano identiche; avevano portato la cesta della biancheria pulita e si affaccendavano a riporla nei cassetti. La zia si era distratta e le guardava. Poi sollevò la mano verso di loro e ritornò a guardare me. Parlò spedita: "Nipoti di Bede, buone ragazze..."; subito esausta, sprofondò nei guanciali e chiuse gli occhi. Nora si era avvicinata, all'erta: "È stanca...".

Rimasi a parlare con le due donne. Si diceva che un uso maldestro del forcipe durante il parto le avesse rese "ritardate". La zia era affezionata a loro e le descriveva come delle sempliciotte che compensavano la stupidità con bontà e diligenza. Amatissime in famiglia e molto legate a Bede, gli erano di grande aiuto nel badare alla villa. Io volevo capire chi si occupava della zia: loro o Bede? Pina e Nora erano contente di chiacchierare con me e rispondevano insieme, spesso una concludeva il discorso dell'altra. Mi spiegarono che Bede non permetteva loro di cucinare i pasti della zia: li preparava lui stesso nella sua cucina, quella della villetta del guardiano, e loro si limitavano a servirglieli, quando lui non poteva.

"Donna Anna non è mai sola," disse Nora orgogliosa.

Se Bede aveva "chiffari di fuori", una di loro dormiva nella camera della zia, ma si trattava di eccezioni: le notti erano cosa di Bede.

"Ci sta anche di giorno," puntualizzò Pina.

"Quando può," aggiunse Nora. E poi: "A lui ci piace, badare a donna Anna".

L'altra non volle essere da meno: "Anche a noi ci piace.

Non dà disturbo, ed è tranquilla, come un armaluzzo". Si schiuse in un sorriso dolce.

"Ogni tanto però si siddia, e a noi non ci vuole, vuole a lui!" intervenne nuovamente Nora sgranando gli occhi, e commentò: "Come un figlio è per lei".

Mi raccontarono che Bede aveva attrezzato una stanza per loro in casa sua: dormivano lì all'occorrenza e vi tenevano un cambio di vestiti e di biancheria. "Bravo è, zio Bede," disse Nora. "Bravo assai," le fece subito eco Pina, e tutte e due dondolavano la testa in assenso, guardandosi negli occhi.

Un colpetto di tosse. La zia ci ascoltava, gli occhi aperti. "Bravo, Be-Be-Bede..." Poi sollevò il capo: "...è buo-buoniii-s-simo!" concluse trionfante. E ricadde di nuovo sul cuscino.

Giulia e Pasquale avevano apparecchiato la prima colazione nella veranda che dava sul giardino, come durante le vacanze estive con nostro padre: grandi e piccoli, mangiavamo insieme mattina e mezzogiorno al tavolo rotondo che si allargava con l'aggiunta di un "cappello" fino a ospitare quattordici commensali. Ottagonale e costruita in legno con pannelli di vetro policromo, la veranda era separata dalla sala da pranzo da una porta scorrevole. Dal tetto a punta, anch'esso di vetro e con una lanterna centrale, partivano otto pannelli trapezoidali che si sollevavano aprendosi come petali; in estate erano tenuti aperti per dare aria e permettere ai nuovi getti dei gelsomini che si arrampicavano sulle colonne portanti di insinuarsi all'interno, lasciando piovere dall'alto lente carezze di profumo.

Una tovaglia di canapa celeste, mal stirata e con macchie sbiadite, copriva la tavola. Al centro, un cestello con tovaglioli di carta e posate e tre vassoi. Uno con spremuta di arancia, limonata, acqua fresca e bicchieri di plastica; un altro con il thermos di acqua bollente per il tè e varie tazze; un terzo con piattini sfusi, fette di pane, margarina, vasetti di miele e marmellate. Pasquale era in cucina alle prese con il caffè.

Giulia, camicetta e pantaloni bianchi, si era lavata i capelli; sembrava serena e fece gran festa a Luigi. Pensai di aver sentito male, la sera prima: forse il loro era un gioco. Giulia raccontava che, da quando erano lì, Pasquale aveva trovato inaspettate fonti d'ispirazione per la propria arte e mostrò a Luigi un piatto di ceramica, una specie di grande guscio di lumaca lungo la cui spirale erano state disposte artisticamente delle susine. Luigi annuiva – "La villa e il giardino di Pedrara hanno qualcosa di unico" – e accennò alla nostra lunga conversazione della sera prima, sul balcone e poi nello studio. Giulia si rabbuiò. Sembrava concentrarsi su un pensiero, ma in verità si preparava a rimproverarmi: "Perché non mi hai chiamato?! Ero ancora sveglia!".

Pasquale era appena entrato con il caffè e io non dissi nulla. Né sembrava il caso di spostare la conversazione sulla salute di zia Anna, tanto più quando Giulia prese a descrivere a Luigi in termini ancora più disastrosi del giorno prima i guai in cui si era ficcata la zia. Del reddito di Pedrara a noi arrivavano soltanto briciole: era chiaro che i Lo Mondo ne approfittavano alla grande, nascondendo gli introiti. Bede aveva abbindolato la zia e faceva quello che voleva, da padrone. I fratelli vivevano in villini con tanto di giardino, non lontano dal bosco di San Pietro, e guidavano Land Rover. Erano i suoi giannizzeri: Gaetano, il maggiore, si occupava delle serre e della campagna in generale, mentre il secondo, Giacomo, andava e veniva, girando per la proprietà senza un ruolo specifico. Le sue figlie Pina e Nora, due sempliciotte un po' scimunite, erano una presenza costante in casa. "Non ci rispettano. Non ci portano niente dalla campagna e dall'orto, nemmeno un mazzetto di prezzemolo, una manciata di mennulicchie, un cestino di fragole dalle serre create da nostro padre…"

Giulia era certa che i Lo Mondo stessero cercando di impaurirli per spingere lei e Pasquale ad andarsene. Sui sentieri lungo i quali Pasquale era solito passeggiare comparivano fasci di rovi o grosse pietre, quando non vi si aprivano all'improvviso buche insidiose. Solo due giorni prima l'aveva scampata per miracolo: dalla collina era caduto un masso che avrebbe potuto ucciderlo. "I Lo Mondo non ci vogliono," concluse Giulia, e cercò l'approvazione di Pasquale, che annuì col cranio rasato. "Noi due resteremo qui fino alla fine," aggiunse spavalda, e continuò: "Io sono quella che è stata più vicina a mamma e nell'ultimo anno, quando si parlava delle nostre ristrettezze, lei mi ha ripetuto più di una volta che in extremis avremmo potuto contare sul nostro tesoro: i gioielli di nonna Mara. Pasquale e io li abbiamo cercati nell'appartamento di Roma e nella cassetta in banca, non li abbiamo trovati. Mamma allora mi ha detto, e lo ha ripetuto più volte, che bisognava andare a Pedrara – lì erano i gioielli".

Giulia raccontava esasperata che lei e Pasquale avevano fatto del loro meglio per cercarli nella villa, ma c'erano cassetti chiusi a chiave, e uomini che all'improvviso entravano a riparare una serratura, ad aggiustare le stecche delle persiane, a controllare le prese dell'elettricità, proprio nella stanza dove loro stavano cercando. Inoltre, lo stesso Bede conduceva una campagna persistente e insidiosa. L'argilla che Pasquale lasciava ben coperta sul muretto davanti alla cucina di notte veniva manomessa e insozzata con sterco e paglia; il coperchio della giara in cui teneva l'argilla lavorata andava a finire per terra nel viale dei glicini o nelle aiuole. "Il vento," diceva Bede. Le sculture e le composizioni lasciate la sera sul tavolo, coperte da un telo fermato con pietre, la mattina dopo erano danneggiate o in frantumi. "Colpa delle faine e degli altri animali selvatici." Perfino l'arrivo del forno a legna per le ceramiche, regalo di Giulia per il suo compleanno, sembrava essere un problema; lo avevano ordinato e pagato, ma era rimasto a Catania: la ditta chiedeva una cifra esorbitante per la consegna a domicilio e per l'installazione. Erano in attesa che Bede trovasse qualcuno disposto a portarlo giù a Pedrara per un prezzo accettabile: "Non ho avuto tempo di occuparmene," diceva lui quando lo sollecitavano.

Giulia non aveva dato né a Luigi né a me l'opportunità di parlare; lui e io avevamo mangiato tutto quello che ci eravamo messi nel piatto; il suo, invece, era ancora pieno. Assecondata da Pasquale, ora inveiva contro Bede: aveva abiti costosi e un'auto scoperta, la casa del guardiano adesso sembrava uscita da una rivista di design – l'avevano sbirciata dalle finestre – e Pina e Nora portavano gioielli di valore anche se, per gabbare i Carpinteri, indossavano vestitini modesti! "Lui assicurava alla mamma che gli affittuari delle serre non avevano pagato il dovuto, invece noi siamo convinti che teneva tutto per sé e i suoi parenti! Ora che siamo insieme dobbiamo decidere cosa fare," disse Giulia per concludere la sua arringa.

A quel punto Luigi squadrò Pasquale, che stava per addentare una fetta di pane, burro e miele. Era uno sguardo pesante, inequivocabile. Senza scomporsi, Pasquale raccolse l'invito e propose di lasciarci soli: "Sono cose vostre e non mi riguardano". Parlava masticando, e continuò a masticare fissando Luigi.

Smise solo quando si sentì dire: "Fai bene, grazie".

"Lasciate pure tutto sul tavolo, me ne occupo io, dopo..." fece Pasquale dopo un momento di incertezza. E se ne andò.

Eravamo noi tre. "Ci sono dei misteri antichi," cominciò Giulia, "e tante domande senza risposta."

Com'erano riusciti i nonni a costruire quella villa in una cava sperduta a cui si accedeva attraverso una pista tortuosa, ripida e pericolosa, non percorribile dai carri e dai veicoli civili dell'epoca? Come avevano fatto a trasportarvi infissi, vetri piombati, tegole, ornamenti, ringhiere di ferro battuto, i sanitari dei bagni, il generatore per l'elettricità, la ghiacciaia, la cucina economica, le fontane, i mobili e la boiserie? E perché avevano costruito la villa? Si diceva che fosse un regalo del marchese del Guardo a nonna Mara, sua amante. Ma lui viveva a Lentini, da cui Pedrara era praticamente irraggiungibile: perché le avrebbe costruito una villa proprio lì e non in un'altra proprietà della famiglia, più vicina alle strade carrabili? O era il saldo di un debito, morale o materiale, del marchese nei riguardi del nonno? Come mai i gioielli erano stati nascosti a Pedrara e non a Roma? E per quale motivo la zia, rimasta vedova, aveva delegato tutto a Bede?

Su di lui, Giulia aveva molto da raccontarci. Da quando erano a Pedrara, Bede aveva smesso definitivamente di passare alla mamma l'affitto delle serre: pagava i conti lui stesso, impartiva ordini a Nora e Pina con aria da padrone e discuteva la salute della loro madre con il dottor Gurriero come se fosse stato un figlio. "Si rifiuta di darmi perfino i denari per la spesa: mi ha detto di preparargli la lista, poi ci pensa lui!"

"Che impertinenza! Questa è casa nostra! E tu che gli hai detto?" Luigi aveva ascoltato in silenzio e si era montato contro Bede.

"Ho cercato di darglieli io, gli ordini, ma non li accetta: 'Donna Anna vuole che sia così'."

Giulia si sentiva esautorata. Quando lei e Pasquale incontravano contadini e operai, non ricevevano nemmeno un saluto: "Ci passano accanto come se non esistessimo". Aveva chiesto a Bede di visitare le serre e lui le aveva detto di no, con la scusa che erano affittate a terzi. Poi aveva lasciato cadere qualsiasi domanda sull'argomento e le aveva suggerito di rivolgersi al notaio Pulvirenti. Aveva però ammesso di aver ricevuto in comodato dalla zia la casa del guardiano e sosteneva di mantenersi con i guadagni di calligrafo, interprete dall'arabo e organizzatore di congressi. "Ma da quando siamo qui non mi pare sia così impegnato, è sempre con mamma!" Giulia riprese fiato: Pasquale aveva trovato in un cassetto della sala da pranzo una lettera del notaio Pulvirenti in cui si accennava a un comodato a favore di Bede dell'intera tenuta, non soltanto della casa del guardiano. "Ecco la vera fonte del suo potere!"

"Le cose non stanno così," dissi. "Bede ci ha aiutati ad amministrare la campagna in una realtà complessa: devo ricordarvi la presenza mafiosa della Stidda e il delicato intrico di relazioni per mantenere un equilibrio altrimenti insostenibile? Grazie a lui, non soltanto la zia ma anche noi siamo vissuti con una certa agiatezza per decenni. Così mi ha sempre detto la zia. Sappiamo bene che con noi è stata generosa, sempre, che quando ne abbiamo avuto bisogno ci è venuta in aiuto. E senza nulla in cambio!" Guardai Giulia: "E comunque non mi piace che parli di nostra nonna come di una mantenuta, te l'ho già detto".

"La verità può essere sgradevole, ma questo era la nonna, se vuoi saperlo: un'adultera e una mantenuta. Tua omonima. Noi ne siamo convinti, abbiamo letto le lettere d'amore tra i due, lei e il marchese del Guardo."

"Chi rappresenta questo 'noi'? Tu e Pasquale?"

"Esatto. E tu sei una stupida a rifiutare la realtà."

"Pasquale è un buon osservatore," intervenne Luigi in tono conciliante, "cosa dice lui di Bede?"

Un conoscente di Pasquale l'aveva visto a Catania in un albergo frequentato da cocainomani e commercianti arabi. "Ma non mi sorprende," commentò Giulia, "dopotutto Bede era il protégé di papà, e lo sappiamo tutti che nostro padre era in un giro di cocaina." Lo disse con finto distacco, come parlasse di un evento di cronaca.

Luigi e io ci guardammo, pallidi. Perché Giulia continuava a infangare la reputazione dei nostri morti? A che scopo? Non aveva rivelato nulla che non sapessimo già, ma era evidente che mettere le carte in tavola era, più che un'esigenza di verità, un desiderio di conflitto.

Proprio allora, Bede entrò dalla portafinestra. Lo avevo seguito con la coda dell'occhio da quando lo avevo notato camminare lungo il viale. Portava i capelli ravviati dietro le orecchie e indossava una camicia di lino al ginocchio, a trama grossa, con pantaloni aderenti color tabacco. Aveva un incedere armonioso, le spalle dritte. Lo avrei preso per un quarantenne. Si avvicinò, e sentii nell'aria l'aroma fresco della lavanda inglese che usava mio padre. In confronto, noi sembravamo dei miserabili. Ci disse che stava per uscire, era passato per offrirci un vasetto della sua marmellata di rose. Svitò il coperchio e sbummicò il profumo dolciastro dei petali di rosa cotti con lo zucchero.

Luigi si scusò per essere entrato nella stanza della mamma mentre lui dormiva. "È un dovere e un privilegio badare a donna Anna," rispose Bede, "lei ha fatto tanto per me. Come, peraltro, vostro padre." A quel punto Luigi gli chiese a bruciapelo se la madre avesse fatto un contratto di affitto o un comodato delle serre e con chi. Bede non sembrò sorpreso e, come già aveva fatto con Giulia, gli suggerì di rivolgersi al notaio Pulvirenti, che all'epoca aveva redatto tutti i documenti. Poi ci lasciò.

"Stupido! L'hai visto come ha evitato di risponderti!" sibilò Giulia.

"Scriverò una lettera al notaio per avere una spiegazione."

La sua proposta fu accolta da una risata di scherno. "Non sei capace di fare una telefonata? Oppure ti spaventi a parlare col notaio? Devi parlargli, non scrivergli!" inveì Giulia.

Fummo interrotti dal ritorno di Pasquale. Era accaldato e visibilmente scosso. Concitato, raccontò di essere andato alla serra più vicina a chiedere un cestino di fragole per il dessert. Prima aveva fatto un giro attorno alla serra, non visto; dentro c'erano degli operai. A quel punto era andato alla porta d'ingresso per fare la sua richiesta. Gaetano Lo Mondo era là davanti. Gli aveva impedito di entrare e ingiunto in malo modo di andarsene: le fragole erano state vendute alla pianta, appartenevano all'acquirente, e comunque di mature non ce n'erano. Ma lui le vedeva le fragole, rosse e mature, e gliene aveva chiesto soltanto un cestino per i Carpinteri, che dopotutto erano i padroni di Pedrara! Gaetano lo aveva guardato male e Pasquale lo aveva avvertito che avrebbe riferito l'accaduto ai tre fratelli, per filo e per segno. "Stasse attento a come parla!" era stata la risposta, secca. Non era il caso di insistere, ma Pasquale, prima di andare via, aveva fatto presente a Gaetano che i Carpinteri avrebbero tratto le loro conclusioni. A quelle parole, raccontava, Gaetano non aveva avuto il coraggio di rispondere: tremava, con gli occhi sgranati. Soltanto allora lui aveva notato tanti volti neri premuti contro le pareti delle serre, il naso schiacciato sul vetro. Ascoltavano. Per non perdere ulteriormente la faccia, Gaetano gli aveva urlato: "Andatevene! Altrimenti qui male va a finire!".

Giulia dichiarò che quell'episodio era stato un atto d'amore per lei e per i fratelli; Pasquale si era comportato con grande dignità. Luigi gli diede una pacca sulla spalla con un "grazie" sommesso, poi volle che gli dicesse come arrivare a quella serra; ci sarebbe andato lui di persona, a chiedere una spiegazione a Gaetano.

Io non facevo che ricordare la voce di Pasquale, la sera precedente – "Vai sulla mattonella di Giulia!" –, e temevo per mia sorella. Nel frattempo, lui si era offerto di portare Luigi sul belvedere da cui si vedevano le serre. Servivano i binocoli, e andò a prenderli con Giulia: ci lasciarono abbracciati, come due fidanzati.

Eravamo soli. Luigi si era preso la testa tra le mani, gli occhi fissi a terra. "Ascolta, Mara, Giulia ha ragione," disse piano. "Dobbiamo frugare dovunque in casa e trovare questo tesoro, gioielli o monete che siano. Pasquale e io andremo al belvedere; nel frattempo tu e Giulia cominciate a cercare nella stanza di mamma, prima che Bede venga a sapere cos'è successo alla serra." Mi guardò negli occhi. "Per favore, facciamolo senza bisticci e acrimonie. Ho davvero bisogno di denari."

Gli misi la mano sul braccio e abbassai le palpebre: "Promesso".

Il dolore era insopportabile. Ricorsi allo stratagemma di sempre: ero il fotografo e mettevo tutti in posa. Attraverso la fissità, riuscivo a creare una parvenza di famiglia unita. E mentre Luigi si allontanava, pensavo alle pose che avremmo potuto assumere quel giorno, e nei giorni che sarebbero arrivati.

8.

La caccia al tesoro

Domenica 20 maggio, tarda mattinata e pranzo
(Mara)

La camera da letto grande, arredata nello stile moresco della villa – specchiere dorate, mobili intarsiati e tendaggi ricamati a punto catenella su un disegno di nostro padre realizzato in un atelier di Srinagar –, era la stanza più bella. Sul lato sinistro correva un balcone con sedie e tavolini di ghisa; su quello opposto si aprivano in fila una sala da bagno con mattonelle bianche e nere, un boudoir e un ampio guardaroba, ciascuno con una finestra. Ai piedi del letto matrimoniale era stato messo il letto dove dormiva Bede; per il resto, la stanza era rimasta intatta come ai tempi di mia madre.

Mi ero portata delle camicie che si erano stropicciate e chiesi a Pina di stirarle; alla zia, che dormicchiava, avrei badato io. Pina sembrò contenta di avere una pausa e se ne andò a stirare in casa di Bede. Aspettando Giulia, mi sedetti accanto alla zia: aveva mantenuto il bel volto dai lineamenti forti e la pelle liscia. Era lo sguardo a tradire il suo malessere: vago, confuso, a volte impaurito – solo a tratti cosciente. L'avanzare dell'Alzheimer, ancora ai primi stadi, sembrava acuito dall'infezione urinaria che non recedeva.

La zia dormicchiava. I piccoli suoni del mattino arrivavano nella stanza attutiti. Anche la luce si posava morbida sulle cose. Giulia e io cominciammo a cercare dal basso verso l'alto, sistematicamente. Sollevammo i tappeti e le stuoie, semmai vi fosse attaccata sotto una lettera o una chiave, ma non c'era nulla. All'interno di tre pouf trovammo sete da ricamo, passamaneria con filigrana d'oro e d'argento, merletti antichi conservati in scatoline di metallo e di pelle, in buste di seta e in scatole di sapone inglese, ancora odorose di lavanda. Niente gioielli. Su un tavolino a tre piedi intarsiato di madreperla erano impilate delle scatole: contenevano cappelli estivi, di paglia e con fiori di seta, e da mezza stagione, in feltro. In un'altra scatola trovammo dozzine di piume di struzzo in tutte le gradazioni dell'azzurro e del viola; anche lì, nessun gioiello.

Sotto il letto era stato spinto un baule stretto. Lo tirammo fuori: conteneva un corredino da neonato, rosa. Ogni capo era avvolto nella carta velina: coprifasce, scarpine, cuffiette, calzine, camiciole, vestitini, bavaglini, tutine e una quantità di copertine di cotone, piquet, lana, una perfino di pizzo. Ricordavo vagamente che la zia aveva avuto un aborto spontaneo, prima di Luigi: era una bambina. E lei aveva creduto che anche la seconda volta sarebbe stata una femmina. In una scatola minuscola, avvolte nella bambagia, spilline da bavaglino in oro. Poi, in una più grande, uno strano frustino di cuoio, molto piccolo – forse apparteneva a uno dei carrettini siciliani che un tempo si regalavano ai bambini.

Passammo poi al guardaroba. Lungo le pareti erano stati costruiti armadi a muro di diversa profondità e misura, alcuni con le ante a specchio. Uno si trasformava in una vera e propria toilette, con pouf per sedersi, abat-jour, specchiera, e, sul ripiano, un servizio completo in argento e tartaruga di spazzole, vassoietti, boccette di profumo, con le iniziali di nonna Mara. Gli altri invece erano armadi veri e propri, corredati in basso da cassettiere e scarpiere e in alto da scaffali per valigie e scatole. Cominciammo da quelli poco profondi, dov'erano appesi i vestiti da tutti i giorni. Erano ordinatissimi; dai sacchettini appesi all'asta veniva un delizioso profumo di lavanda. Da una parte c'erano gli abiti estivi e dall'altra quelli invernali, mentre i cassetti contenevano biancheria, maglie, sciarpe, guanti e cinture. Li svuotammo ed esaminammo ciascun capo, nella speranza che all'interno vi fosse nascosto un sacchetto o un contenitore di qualche tipo. Passavamo le mani sui vestiti dall'alto verso il basso per sentire se c'era qualcosa di duro, infilavamo le mani nelle tasche e sotto i risvolti dei tailleur. Ero convinta che la zia avesse nascosto i gioielli in una bustina di stoffa, attaccata a un orlo o a una fodera: una volta aveva trafugato dall'Egitto dei gioielli copti nascondendoli nell'orlo del mantello. Passammo poi alle scarpiere. Svuotammo le scarpe a una a una. In fondo, un paio di scarpine di capretto beige sembravano gonfie: dentro, piccoli involti di carta velina. Li aprimmo palpitanti; era stata proprio la zia a raccontarci che da ragazza nascondeva i gioielli nelle scarpe e a volte se ne dimenticava. Vi trovammo magnifici bottoni di ebano, ottone e bachelite.

Di tanto in tanto Giulia e io incrociavamo gli sguardi. Che cosa stavamo facendo? Era necessario? Cercavo in lei un conforto che non arrivava. Vedendomi esitante, Giulia mi incitava a continuare. Temeva che non fossi abbastanza diligente. O che nascondessi qualcosa? Ci trovammo in mezzo alla stanza, per un attimo immobili come in attesa del nuovo giro di danza.

La zia non mi aveva mai mostrato il contenuto degli armadi profondi ai lati della finestra. Aprii le ante e mi investì un sottile odore di canfora. Annunciava roba conservata da tempo: dozzine di abiti femminili dalla seconda metà dell'Ottocento fino agli anni venti del secolo seguente, appesi su stampelle sagomate; il lungo bastone centrale era usato per agganciarle all'asta, molto in alto. C'era di tutto: vestiti da passeggio, da sera, da matrimonio e da lutto insieme agli accessori che li corredavano – cappe, parasole, cappelli, scarpe, borsette, guanti –, incartati e ben conservati, appesi a una stampella di supporto. Tra questi, vari capi di abbigliamento egiziano e marocchino. Giulia li guardava con indifferenza. "Vado a cercare nel bagno, questa roba è adatta a te," disse, ed era vero: gli abiti antichi erano la mia passione.

Fu una specie di ebbrezza quella che mi percorse davanti alla schiera di cappe nere, una diversa dall'altra per tessuto e lavorazione. Quelle invernali, di lana, a disegni orientaleggianti, bordate di passamaneria di seta e con inserti di seta ricamata e cristalli neri. Quelle da sera, di raso trapuntato con l'imbottitura di ovatta e la fodera di garza, di broccato foderato di panno e seta, di velluto e merletto. Le mantelline estive erano di seta operata, con un motivo di mazzi di fiori in filo grosso e lucido; di broccato a tinta unita con inserti di seta. La mantella più bella era quella di pannetto martellato, con un disegno discreto e raffinatissimo di minuscoli rombi di seta lucida che parevano diamanti. Le toccavo, facevo scorrere il dito sulla passamaneria, seguivo il ricamo dei cristalli, palpavo i bordi e i colli – rotondi, a pistagnetta, di ruche di seta, di piume di struzzo, di ermellino tinto di nero, alla zarina. Infilavo due dita nella tasca interna, identica in tutte le cappe, in seta lucida, nera e arricciata, in cui la zia avrebbe potuto nascondere i gioielli; trovai un fazzoletto stropicciato, un foglio bianco piegato e ripiegato, un confetto indurito, una forcina e null'altro.

Passai ai vestiti. Palpavo gli abiti, toccavo le stecche di balena dei bustini, i volant corposi, le sottane sovrapposte. Nulla. Le scatole delle scarpe, di cartone o di legno leggero, erano anch'esse originali e intatte. Ogni scarpa era tenuta in forma da velina appallottolata. Le prendevo in mano tremante, tale era l'emozione. Le scarpe invernali, in pelle o in velluto, erano rigorosamente foderate di capretto, soffice come un panno. Quelle estive, anch'esse foderate, erano di pelle leggera, seta o perfino cotone operato. Tutte avevano tacchi: a rocchetto, come quelli settecenteschi, a colonnina e a spillo; molti, però, erano bassi e comodi. Le decorazioni spaziavano dalle piume di cigno, lungo il décolleté, alle perline, alle pietre colorate, fino ai più comuni ricami e alle applicazioni di nodi, nastri e merletti. Non c'era ombra di gioielli. In compenso, aggiungendo ai vestiti di famiglia capi antichi e scelti con cura, la zia aveva creato una collezione davvero pregevole, da connaisseur. Avrei desiderato guardarli uno per uno, dilungarmi sugli abiti orientali e poi parlarne con lei, ma Pina sarebbe tornata tra poco. Giulia intanto aveva finito di perlustrare il bagno e mi aiutava a guardare nei parasole. Anche lì, nulla. "Giulia! Giulia, vieni!" gridava Pasquale, da fuori. E lei mi piantò in asso.

Passai a ispezionare l'armadio più largo e profondo, con due ante soltanto, grandi come porte. Era una vera e propria stanza, con il pavimento di parquet: non c'erano cassetti, scaffali e nemmeno l'asta per appendere gli abiti. Le due pareti di fondo erano interamente coperte da specchiere: le controllai e mi accorsi che una era una porta camuffata, appena riconoscibile. In mezzo, troneggiava una scatola di cartone molto larga, con sopra l'etichetta del Grand Hôtel di Luxor. Che i gioielli fossero lì dentro, in solitario splendore? Sollevai la scatola, sembrava vuota. La aprii, passai la mano lungo il bordo del coperchio: non c'era nulla. Perché quella scatola era lì? Nel rimetterla a posto notai una botola, aveva una minuscola maniglia di ottone ed era grande esattamente come la scatola: anzi, sembrava che la scatola fosse stata ordinata su misura per coprirla. Sollevai la botola, era ben oliata e dunque in uso; dava su una scaletta a chiocciola. In fondo c'era luce. Si trattava dunque di un passaggio, di cui ignoravo l'esistenza. Dopo tanto tempo.
Scesi e mi trovai in un armadio simile al primo, con ante di vetro piombato con un motivo di iris. Ero nella foresteria.

Sul pannello della boiserie accanto all'armadio c'era un pulsante, lo premetti. Il pannello mobile dava su un'altra scala, anch'essa illuminata, sia pur fiocamente, da una lampadina. Scendeva in un tunnel, sotto le fondamenta della villa, nel calcare ibleo. Risalii nel guardaroba della zia e aprii la porta a specchio: la scala continuava e saliva all'interno della muraglia della torre. Si era evidentemente voluto preservare quel passaggio antichissimo, incorporandolo nella fabbrica moderna. A che scopo, tutti quei passaggi? Vaghi ricordi affioravano: mio padre che raccontava di abitazioni dell'Età del Bronzo Recente – cinquemila anni prima – comunicanti attraverso corridoi sotterranei e di scale ricavate nella roccia che portavano nelle tombe delle necropoli. Avevo paura, e non sapevo di cosa. Non volevo più cercare il tesoro, avevo un brutto presentimento. "Non bisogna mai arrendersi." Sentivo l'eco della voce della zia che mi spronava, quando pensavo di abbandonare gli studi perché non mi sentivo capace di far bene come avrei voluto: "Mara, sforzati e ci riuscirai. Ricordati che l'improbabile diventa possibile, e il possibile certezza". Richiusi le ante precipitosamente: era tornata Pina. Chiedeva se poteva aiutare Bede a casa sua, per una mezz'oretta ancora. Le accordai il permesso e ripresi il lavoro. Un altro armadio era pieno di abiti estivi di georgette, mussola e cotone dagli anni quaranta in su, a righe, a quadratini e a disegni floreali in colori delicati – rosa, lilla, azzurro, beige e verde – con gonne a pieghe o godet, maniche corte a sbuffo o dritte, tutte con spalline imbottite, corpetti attillati abbottonati davanti e abbelliti da colletti di pizzo, piquet e rigatino. Gli abiti erano corredati da scarpe e sandali con la zeppa.

Sul fondo dell'armadio, sotto delle liseuse di lana e cotone, una scatola di cartone piatta, con un disegno scozzese verde e rosso, inconsueto e molto vistoso: dentro, una collezione di riviste pornografiche francesi dal 1950 al 1980 con pubblicità di maschere, frustini e corsetti.

Non capivo più niente. La zia, a cui mi ero sempre sentita legata da profonde affinità, si rivelava una persona complessa e imprevedibile, con interessi che mai avrei immaginato. Torbidi. Avevo paura di scoprirli.

La zia si era svegliata; mi seguiva con gli occhi. Andai a sedermi accanto a lei, portandomi la scatola. E lei la fissava. "Perdonami..." bisbigliò. Poi: "È troppo forte", e si coprì il volto con le mani. Gliele carezzai. "Non fa niente, zia, proprio niente..." E pian piano lei riportò le mani sul lenzuolo. Ci guardammo; aveva le guance umide, la pelle arrossata. Mi chiedevo se capisse. "Te le dava papà?"

"Era sensuale, tuo padre."

Le chiesi se si sentiva a disagio accanto a lui.

"Ci si abitua, a tutto ci si abitua... basta volerlo."

"Volerlo, che cosa?"

"...un figlio..." E la zia parve sprofondare in un mondo tutto suo. Guardava le perline del lampadario, e barbugliava: "Poi... poi...". Sembrava a disagio.

"Zia, e poi che?"

Lei si girò verso di me confusa: "Poi Bede... sì, Bede".

"Che ha fatto Bede?"

"Bede no. Quello, solo tuo padre." E continuò, guardandomi pietosa: "Bede non ha mai fatto male a una mosca... è buonissimo, Bede".

In quel momento sentii da lontano un canto lento e melodioso, a molte voci. Era una canzone del Mali, l'avevo ascoltata in un teatro della Rive Gauche a Parigi. Un canto d'amore. Poi un'altra canzone a solo, dolcissima, colma di sentimento. Infine di nuovo un coro, lontano, *Love is love, hate is hate, but is hard to separate*, che pian piano si affievoliva, come se si dissolvesse nel nulla.

Quella musica del Mali aveva lasciato nella camera un non so che di magico. Struggente. Poi, come in un melodramma,

Giulia e Pasquale entrarono nella stanza, agitati. Parlavano contemporaneamente, a voce alta. Io feci scivolare le riviste sotto il letto senza che se ne accorgessero. "Stanotte qualcuno ha cercato di forzare la vetrata della cucina." Pasquale ne era sicuro, aveva visto i segni del ferro usato per scardinare la porta. Giulia era spaventata. "Zia, non possiamo più contare su Bede e sugli altri Lo Mondo. Dobbiamo chiamare il notaio, lui saprà difenderci da loro. Sei d'accordo?" Tacque, in attesa di una reazione.

In quel momento ricominciò il canto, in lontananza, "*Love is love, hate is hate*", e io alzai la mano: "Ascoltate!". Non sentivano. Mi guardarono come se fossi demente. La zia invece aveva sentito. Murmuriava il motivo: "Mmm... mmm...". Una luce negli occhi. Pasquale e Giulia erano sconcertati. "Andiamo a cucinare," disse lui. E scomparvero veloci come erano entrati.

Poco dopo, irruppe nella stanza Luigi. Era stato alle serre, per la prima volta, ed era rimasto turbato: non si aspettava che fossero così grandi. Adesso pretendeva che la madre prendesse una decisione drastica riguardo agli affittuari: "Faranno tanti denari, mamma, e non pagano più l'affitto! Devi parlarne con Bede!".

La voce fievole della zia ripeteva il ritornello: "*Love is love...*". E siccome lui incalzava, lei si incupì e chiuse gli occhi.

Luigi non se ne andava. Prese a lamentarsi di Ada con me. "Voi la considerate una madre devota e perfetta, in realtà non ha nessuna compassione per suo figlio." L'aveva chiamata per annunciarle che partiva e lei gli aveva ordinato di non lasciare Thomas solo con Natascia. "'È un incapace, mandamelo a Trento.' Così mi ha detto. Quando le ho ripetuto che lui voleva rimanere a Bruxelles, che studiava e aveva ritrovato i vecchi compagni di scuola, ha commentato: 'Abbiamo creato un niente, noi due'."

La zia sospirò. "Ah, niente... nenti ammiscatu cu nuddu."

Fece uno sguardo furbo: "Noi due. Va benissimo così...". E cercava nella stanza.

Luigi uscì, confuso. Finalmente sole, la zia e io assaporavamo il silenzio della campagna, interrotto di tanto in tanto dai gridi degli uccelli, dal fruscio delle foglie del gelsomino carezzate dal vento, dallo sbattere d'ali dei piccioni appollaiati sulle ringhiere. Il canto del Mali era ripreso. Ascoltavamo.

"Quelli non hanno mai amato veramente," bisbigliò la zia. Aveva gli occhi chiusi.

"Di chi parli?"

"Giulia e Luigi."

Sollevò le palpebre, e mi tese la mano. La sua pelle era liscia e profumata. "Forse nemmeno tu, amore mio," sospirò.

Pasquale aveva preparato un altro ottimo pranzo: insalata di patate bollite, pomodoro fresco e cipolle al forno, ancora tiepide; poi, salami e formaggi. Inoltre, aveva inventato un sistema, di cui era molto soddisfatto, per tenere chiusa la vetrata della cucina ed evitare intrusioni notturne. Bede entrò con un cestino di fragole. Si era cambiato, indossava un abito di ottimo taglio in rigatino bianco e celeste, con una camicia color tabacco: un abbinamento azzardato e riuscito. Non più sorridente, era severo. Aveva saputo dello scontro tra Pasquale e suo fratello e ci intimò di stare alla larga dalle serre: erano state date in gestione a una società che impiegava suo fratello Gaetano e operai tunisini, tutti con regolare permesso di lavoro. Non dovevamo impicciarci. Luigi si lamentò di non esserne stato messo al corrente. "Rivolgiti a tua madre. Io consiglio a tutti voi di tornare a casa vostra e lasciare Pedrara," rispose secco Bede. E se ne andò.

Continuammo a mangiare in silenzio, umiliati. Poi, tra una forchettata e l'altra, Pasquale cominciò a borbottare: ce l'aveva con Bede, e passò presto alle battute pesanti – infido, approfittatore, né uomo né donna. Quando arrivò ad auspicare che lui e i fratelli se ne andassero da Pedrara, lo interruppi. "Attenti," dissi, rivolta a Giulia e a Luigi. "Bede cura mamma con devozione, e lei lo adora. Sarebbe una catastrofe, se lui non ci fosse."

Luigi tacque, piccato. Giulia invece mi sostenne: "Non possiamo togliere mamma da qui. Non riceve più la sua rendita, e noi non avremmo come mantenerla. È necessario che Bede rimanga. A meno che non si trovino i gioielli o lui non ricominci a darci l'affitto. Bisogna continuare la ricerca, subito, dopo pranzo!". Evitava di guardarmi. "Senza perdere tempo a palpare vestiti, guardare scarpe e leggere riviste!"

Pasquale, seduto come al solito accanto a lei, le stampò un bacio sul collo. Poi prese un gran respiro e ci guardò tutti: "Vi sbagliate: lei non lo adora per niente. Lo teme".

9.

L'uomo del Mali e le terribili parole
del dottor Gurriero

Domenica 20 maggio, pomeriggio
(Mara)

Il lavoro di mio padre ci portava periodicamente all'estero; quando la missione finiva e lui doveva rientrare in Italia vivevamo a Roma, in affitto. Dovunque fossimo, per le vacanze estive si tornava a Pedrara. Sempre. Lui, che della famiglia si curava poco, mi invitava ad accompagnarlo nelle sue passeggiate e raccontava. La cava, abitata da migliaia di anni, godeva di un terreno molto fertile e di acqua abbondante; in un remotissimo passato era stata usata come nascondiglio per sfuggire agli invasori d'oltremare e come luogo sacro di sepoltura – le tombe che guardavano la villa dall'alto testimoniavano un misterioso e potente desiderio di immortalità. "È un posto di vita e di morte," diceva lui, "e dunque d'amore. Lo scoprirai crescendo."

Pedrara era il mio solo punto fermo nel mondo e lo rimase fino all'improvvisa morte di mio padre, quando avevo sedici anni. Ci lasciò in una situazione economica disastrosa: Bede, più uno di famiglia che un amico, si offrì di occuparsi della tenuta e grazie a lui il nostro tenore di vita non cambiò. Ma da allora non andammo più a Pedrara per le vacanze estive. Del resto, l'alternativa offerta dalla zia – vacanze al mare, che significavano vita di comitiva e discoteche – era molto attraente. Con il passare del tempo, però, cominciai a sentire la mancanza di Pedrara: proposi alla zia, che vi andava spesso per affari, di accompagnarla e passarvi qualche settimana. Lei mi disse che non era opportuno: Pedrara non era più un luogo di villeggiatura ma un'azienda agricola molto attiva, con affittuari. Da allora le mie visite erano state brevi, e non tutti gli anni.

Le ultime ventiquattr'ore erano state intense. Come uno sciame di api, i ricordi mi avevano assaltata e stordita; volevo riprendere possesso di Pedrara presto, prima che la zia morisse, volevo uscire e percorrerla in lungo e in largo, ritrovare i miei posti preferiti. Mi diressi verso l'incavo di un masso, in una radura che si apriva nella fitta boscaglia tra i confini del giardino e la parete a strapiombo. Lì mi rincantucciavo a leggere, a pensare, o semplicemente a guardare il panorama.

Il complesso di villa, torre e giardino, poggiava sui gradoni che dai piedi della cava scendevano e si allargavano al fondo valle. Il fiume che dava il nome alla cava sbucava lontano, a occidente. Il suo corso sotterraneo era segnato da un folto filare di oleandri, quasi un boschetto, che qualche centinaio di metri dopo si apriva per accogliere e poi fiancheggiare un antico affluente del Pedrara – il Tenulo, un torrente che scendeva con irruenza a valle da un'altra cava. Non appena entrava nel suo vecchio letto si placava, come un parassita. Le sue acque verdi serpeggiavano nel fondovalle carezzate dai rami penduli degli oleandri.

Mi guardai intorno, sentivo un odore sgradevole, come di letamaio. Da una macchia di oleandri veniva una voce sofferente. Mi feci largo fino a uno spazio angusto, in cui era stato creato uno spesso giaciglio di fronde di oleandro e grappoli di fiori. Anche il terriccio era coperto di fronde di oleandro appena tagliate. Un giovane nero seminudo era accucciato appena fuori dal giaciglio, le caviglie legate e le ginocchia piegate quasi a toccare il mento, i polsi immobilizzati dietro la schiena. Soltanto i piedi poggiavano a terra. Mugugnava in un francese grave, oscuro. Le gambe erano lorde di feci fresche, e dallo sporco lasciato sugli oleandri capii che si era rotolato fuori dal giaciglio. Mi avvicinai. Sembrava aver paura di me, ma quando gli parlai in francese si quietò. Mi permise di sollevargli il capo: mento e petto erano incrostati di vomito. Puzzava: le sue gambe erano imbrattate di escrementi. Il giovane aveva lineamenti sub-sahariani – naso e fronte dritti, volto rettangolare – e un casco di treccine chiuse al fondo da una perlina. Gli offrii la mia acqua minerale. Disse che era un clandestino, arrivato con una nave dalla Libia; in attesa di essere mandati altrove, lui e i suoi compagni di viaggio curavano le piantine, *"dans les serres, avec les panneaux de verre,"* specificò. Durante il giorno non si mangiava e per andare di corpo dovevano contenersi e aspettare la sera. *"Le chef est très méchant"*, il capo era molto cattivo.

Quella mattina il capo aveva litigato con un bianco e sorprendentemente non aveva reagito alla provocazione. Lui e i suoi compagni avevano assistito alla scena e allora avevano pensato di approfittare della debolezza del capo per ottenere il permesso di andare in bagno durante l'orario di lavoro: era stato scelto lui per fare la richiesta. Ma il capo aveva detto di no e si era messo a gambe larghe davanti alla porta. Con una spinta lui gli era passato davanti ed era corso alla latrina. Lì lo avevano raggiunto due guardiani, neri – "come me," disse con amarezza. Lo avevano picchiato e portato lì, dove lo avevano spogliato, legato e messo sul letto di oleandri. Il giovane tremava. Le ferite erano sporche e brulicavano di insetti.

Ero impotente, eppure mi sentivo responsabile. Abbassai lo sguardo, piena di vergogna. Sul terriccio, non lontano da dove erano stati gettati pantaloni e maglietta del giovane, una fila di formiche trascinavano una piuma di merlo nera, gialla e bianca dieci volte più lunga di loro; salivano imperterrite sulle zolle e sulle foglie di oleandro per mantenere la direzione, scansando accuratamente le perline dei capelli del giovane, cadute sotto le percosse. Lo guardai. "Vado a chiedere aiuto." Lui si rabbuiò. "Fidati di me."

Corsi a casa, chiamai Luigi e Pasquale. Raccogliemmo insieme salviette detergenti, disinfettante e due bottiglie d'acqua, poi li guidai alla macchia di oleandri dove giaceva il nero. Ma lui non c'era più, e i suoi vestiti erano scomparsi.

"Sei sicura che sia questo il posto giusto?" chiese Pasquale. Annuii, avvilita.

"Vedi cose che non esistono," disse Luigi severo.

"Tu leggi troppi romanzi," concluse Pasquale.

Non risposi. Guardavo le perline sul terriccio umido. La piuma gialla e bianca era sul punto di sparire dietro una felce.

Andai dritto dalla zia. Era appoggiata su tre cuscini, per facilitarle il respiro, ma non era una posizione a lei gradita: scuoteva il capo, cercava di sbottonarsi la camicia da notte e sembrava accaldata. Nora le spiegava che il dottor Gurriero voleva che stesse seduta e le offrì dell'acqua. Insofferente, la zia la rifiutò. "Via, via...", e le scostò il braccio.

"Acqua, acqua..." E Nora le porgeva di nuovo il bicchiere, per averlo respinto.

"Acqua profonda..." diceva la zia, e si torceva le mani come se fosse disperata. "Attento!" E poi, dolce dolce: "Vieni da me...". E abbandonava il capo sui cuscini, gli occhi sul lampadario al centro della stanza, barbugliando: "Mese sete pepe, pede, de de". Poi, con un tono più sicuro: "Bede!", e guardava la porta. Infine, di nuovo vaga: "Sete pepe mese...".

Mandai via Nora e tolsi un cuscino. La zia sembrava più tranquilla, alternava vaneggiamenti a frasi sensate. A tratti, si riusciva quasi a conversare. "Ho visto tanti abiti antichi, negli armadi... di chi erano?" le chiedevo, e lei mormorava: "Mamma... di ma... am... di mia mamma!".

Parlava del giardino dell'ambasciata in Marocco, la sua sede preferita. Poi vaneggiava: "Vuoi prendere il caffè nel palmeto..." e poi ancora balbettava: "Che fai qui? Dov'è Bede?".

Tirai fuori la scatola da sotto il letto e le mostrai le riviste. Lei guardava, attenta, poi fece una smorfia complice: "Guarda un po'...", e tornò nel suo mondo. Ma non per molto. "A tuo padre piacevano..."

"E a te?"

"Boh..."

Le chiesi se nostro padre era un cocainomane.

Lei mi guardò: "La verità..." e ammiccava, "è me... me... glio...". Poi sollevò l'indice e disse d'un fiato: "La meglio parola è quella non detta!".

E si coltivavano soltanto fragole, nelle serre? Lei ci pensò, cercava di articolare sillabe ma non ci riusciva. Poi sbottò: "Era uno scimunito". E riprese a chiedere di Bede.

Io le tenevo la mano, pensavo al giovane nero. E a mio padre. Scimunito, lo considerava sua moglie. Piangevo, non sapevo perché. Così mi trovò Nora, quando venne ad annunciare che erano arrivati il dottor Gurriero con la figlia Mariella e il genero Pietro – sindaco di Pezzino –, figlio del notaio Pulvirenti.

Giulia aveva accompagnato Pietro e Mariella a vedere le opere di Pasquale sulla terrazza dell'anticucina; Luigi e io ascoltammo i commenti del dottor Gurriero alle analisi delle urine e del sangue. Il medico sembrava preoccupato, e non soltanto per la zia; controllava di continuo il cellulare. Ci disse che l'infezione urinaria, che acuiva il vaneggiare, non era stata debellata: se entro l'indomani non ci fossero stati miglioramenti, avrebbe caldamente consigliato – per maggior sicurezza – il ricovero in una clinica privata: "Ribadisco che non c'è e non c'è mai stato alcun pericolo di vita. Chiunque ve ne abbia parlato, esagerava o non capiva". E ci esortò a lasciare la zia all'ottima assistenza di Bede e delle sue nipoti.

Luigi chiese se, data la situazione finanziaria, fosse possibile un ricovero all'ospedale civico, anziché in una clinica. "Ah, carissimi, questo è un vero dilemma!" Il dottor Gurriero sgranò gli occhi: "Vostra madre merita il meglio!".

Era il momento del commiato. Il dottor Gurriero volle continuare il discorso davanti a tutti i figli: "Se vostra madre dovesse essere ricoverata, una buona clinica sarebbe di gran lunga preferibile. È una garanzia, che donna Anna merita!". Sospirò. "Certo, costa. E sappiamo tutti che dall'agricoltura il piccolo e medio proprietario non guadagna affatto. Vostra madre potrebbe vivere ancora a lungo, se ben accudita. Avete mai pensato di vendere almeno una parte di Pedrara, se non tutta? Ci vorrà tempo, ma un acquirente si troverebbe."

Luigi non nascose il suo interesse per questa opportunità e il medico gli suggerì di parlare con il suo consuocero, il notaio Pulvirenti. "Per me siete come figli, per questo mi spingo fino a darvi un consiglio: teneteveli cari, gli affittuari delle serre. Pagano in ritardo, ma pagano. Cercate di vendere la tenuta a loro. Parlatene con il notaio. E state attenti a non approfittare dell'abnegazione del nostro bravo Bede, anche lui ha pressioni: per mantenersi deve continuare il suo lavoro, e la vostra presenza non lo aiuta..." Il dottor Gurriero riprese fiato, e con voce autorevole, da professionista, concluse: "Tornate a casa vostra, alle vostre famiglie. Venite a far visita a vostra madre per poco, anche spesso, ma per poco. Non aggiungete a Bede, e alla gente che lavora nella tenuta, il peso della vostra presenza. Ma soprattutto non causate frizioni con i gestori delle serre. Sarebbe facilissimo per loro trovar-

ne altre più vicino all'autostrada, moderne e a costi minori".
E tacque, lo sguardo fisso su Pasquale. Mi sentii a disagio.

Il dottor Gurriero aggrottò la fronte: "Sappiate tutti che, se doveste rimanere a Pedrara, lo fareste a vostro rischio". Poi riprese il tono suadente da medico: "A quel punto, nessuno di noi sarebbe in grado di aiutarvi". E passò ai saluti.

Sappiate tutti che, se doveste rimanere a Pedrara, lo fareste a vostro rischio. Eravamo tutti, ognuno in maniera diversa, molto scossi. E lo fummo ancora di più quando Giulia ci raccontò di essersi sfogata con Pietro e Mariella sulla ingarbugliata situazione legale delle serre. Pietro le aveva detto che la zia aveva concesso la casa del guardiano in comodato a Bede. E che aveva firmato il contratto di affitto solo per una serra; quelli delle altre serre non erano mai stati finalizzati. Una dimenticanza, probabilmente, ma anche un'evasione fiscale: l'affitto delle altre serre era pagato in nero, tramite Bede. Ora, dopo più di vent'anni di continuo possesso, i gestori delle altre serre avrebbero potuto tentare la strada dell'usucapione.

"Come puoi esserne così certa?" chiese Luigi.

"Ho chiamato il notaio, e lui lo ha confermato," rispose Giulia petulante, quasi si fosse trattato di una ripicca.

Era stata più brava. Era stata più svelta. Malgrado l'inquietudine lasciata dalla minaccia del dottor Gurriero, continuavamo a essere un gruppo sfaldato, senza centro, l'ombra della famiglia che forse eravamo stati.

Eravamo lì come in una fotografia sfocata, in attesa che gli eventi ci dicessero chi eravamo veramente.

Di Bede non si era vista l'ombra.

10.

Come la consacrazione di una chiesa

Domenica 20 maggio, pomeriggio
(Mara)

Ero abituata a fare lunghe camminate dopo pranzo, ogni giorno. Ne avevo bisogno. Nell'uscire da casa sbirciai dentro la stanza della zia. Bede era con lei e mi appoggiai allo stipite della porta. Nora e Pina riordinavano l'armadio della biancheria. La svolta del lenzuolo bordato di pizzo spiccava sul copriletto di broccato, come se fosse una tovaglia d'altare. Bede era seduto sul letto, chino sulla zia. La posizione di sguincio metteva in evidenza la vita sottile e le spalle forti; le maniche, rimboccate fino al gomito, rivelavano braccia muscolose e mani affusolate. Era attraente, Bede, e maschio. Con un moto circolare e solenne che mi ricordava la celebrazione di un antico rito, passava una pezza bagnata sul viso e sul collo arrossato della zia.

Mi venne un ricordo e lo cacciai via. Poi ritornò, e non mi lasciava. Qualche anno prima avevo assistito alla consacrazione della chiesa di San Corbignano, all'Infernetto, un nuovo quartiere alla periferia di Roma. Mi aveva invitato un'amica dell'architetto Riva. Nella chiesa, moderna e luminosissima, era proprio la luce – che cadeva a lame da invisibili lucernai – a creare una profonda, intensa spiritualità. Mentre il pontefice riceveva dall'architetto la chiave simbolica della chiesa, adagiata su un cuscino di raso rosso ricamato d'oro, una donna dal grembiule bianco con movimenti cadenzati lasciava scivolare dell'olio consacrato sulla superficie dell'altare in lastre di travertino, dal colore ambrato e caldo. Quando lei ebbe finito, il papa, con indosso una pianeta e manicotti bordati d'oro, si era staccato dal suo seguito e si era avvicinato all'altare: il rito dell'unzione stava per iniziare. Il pontefice spalmava l'olio sulla pietra, centimetro per centimetro, come se nella chiesa ci fosse soltanto lui, e quell'altare. I prelati del suo seguito erano allineati nell'abside, i visi inespressivi rivolti alla congregazione. Il silenzio regnava sovrano. Vedevo da lontano le pantofole di marocchino rosso, lo zucchetto sui capelli candidi, e quelle mani unte che spalmavano l'olio in cerchi concentrici. Lente, assorte.

Non mi sembrò blasfemo paragonare i movimenti di Bede sul viso della zia all'unzione dell'altare: erano entrambe funzioni d'amore.

E mentre Bede le passava la pezza umida sul viso, la zia, abbandonata sul cuscino, sussurrava: "Bede..." era l'unica parola che a tratti mi sembrava di distinguere.

Un sorriso di beatitudine la illuminava. Mi sentii in imbarazzo e cercai il cielo fuori dalla finestra.

11.

La presenza di Mara

Domenica 20 maggio, pomeriggio
(Bede)

Nell'intenso silenzio pomeridiano, quando l'aria è immobile e il pulviscolo appanna i fasci di luce che penetrano dalle persiane socchiuse, è possibile "sentire" i corpi che l'attraversano non visti e il respiro lieve e affannato degli infelici. Tra i figli di Anna, Mara era la più tormentata. Avrei voluto confortarla, ma lei con me teneva alta la guardia che proteggeva la sua infelicità.

Mara, tu eri gelosa di me, e non riuscivi a capirne il motivo. Avrei desiderato conoscerti meglio. Ora ti vedo, Mara. Cercare, cercare, cercare. La villa ti si è aperta come un'ostrica, lenta e misteriosa.

Avrei voluto aiutarti nella tua ricerca. Ho sempre pensato che avremmo potuto capirci, tu e io. C'è qualcosa di Anna in te, lo sai.

Come siamo provvisori, Mara.

12.

Tu non ti rendi conto

(Bede)

Di me, nemmeno l'ombra. E loro immersi nell'ombra come fantasmi.

Tommaso diceva, con giusta soddisfazione, che ad Alessandria d'Egitto avevo fatto fortuna al di là di ogni aspettativa. Non esagerava.

Tre settimane dopo che mio padre mi aveva affidato a lui, ci eravamo imbarcati su un piroscafo che ci avrebbe portati in Egitto. Il dispiacere per la reazione – secondo me eccessiva – dei miei genitori a una ragazzata di cattivo gusto finita male e la lontananza da casa impallidivano dinanzi all'eccitazione di conoscere il mondo meraviglioso a cui Tommaso mi introduceva. Tutto era nuovo, bello e stimolante. Godevo con entusiasmo e curiosità delle opportunità che mi venivano offerte. Non avevo paura di lasciare la Sicilia, né di andare in un paese straniero di cui non conoscevo lingua e costumi; e non avevo alcuna ansia di incontrare la moglie e le figlie di Tommaso, rimaste a Zafferana per le vacanze presso i parenti di Mariangela.

Nei suoi racconti, Tommaso mi aveva descritto Alessandria come una città caduta in una spirale di decadenza dopo la nazionalizzazione del Canale di Suez, una città da cui gli stranieri che vi avevano vissuto per generazioni ora fuggivano:

a me sembrava enorme, stimolante e meravigliosa. Mio padre era stato chiaro: dovevo seguire il suo amico e obbedirgli in tutto e per tutto. Tommaso mi portava con sé dovunque; mi presentava al personale di casa, agli impiegati del consolato e ai suoi amici come il figlio di un suo vecchio compagno d'armi; mi spingeva a studiare l'arabo, il francese e l'inglese e mi aveva fatto fare il guardaroba dal suo sarto. La sera, a casa, mi parlava del fulgido passato di Alessandria nel periodo ellenistico e mi dava da leggere i poemi dei Greci. Io rispondevo alle sue attenzioni.

Mariangela ci raggiunse in autunno insieme alle figlie: Mara di sei anni e Giulia di due. Era prevenuta nei miei confronti, e non a torto: Tommaso non nascondeva il suo interesse nei miei riguardi. Io ne ero imbarazzato; avrei voluto assicurarle che non costituivo una minaccia alla stabilità del suo matrimonio: ero uno dei tanti, e non avrei mai osato fare ricatti o chiedere denari. Mi ripromisi di aiutare Mariangela e di rendermi gradito a lei e alle bambine: lei vedeva i miei sforzi, ma non mi ebbe mai in simpatia. Studiavo con passione, tanto che dopo qualche mese Tommaso riuscì a farmi frequentare come uditore i corsi della facoltà di Lingue dell'Università di Alessandria.

Non mi era chiaro quando sarei ritornato a casa. Tommaso lasciava cadere le mie domande. Con il passare dei mesi, la nostalgia della famiglia e del mio paese aumentava. Le lettere da casa erano semplicemente cronache giornaliere e raccomandazioni: le scriveva mia madre, che era andata a scuola. Raccontava delle clienti, dei gattini appena nati, di cosa cucinava. Mi martellava di domande – *Chi ti lava la biancheria? Hai mangiato? E che ti danno da mangiare? Ti è passato il mal di testa?* – e di consigli: *Se fa freddo ricordati di metterti la maglia. Fatti una camomilla quando sei stanco. Prendi l'uovo sbattuto, ti aiuta a studiare. Non mangiare carne assai; il pesce è meglio: aiuta l'intelligenza. Sii educato e rispettoso con tutti.*

Nessun accenno al passato, e nemmeno al futuro: era come se lei e mio padre non mi volessero più a Pezzino. Non li capivo. Spazzavo via quei pensieri, e mi ero convinto che sarei ritornato a casa dopo un anno. Intanto studiavo. Tommaso mi dava uno stipendio da "assistente", incarico che poi divenne "segretario privato". Quei denari davano una parvenza di dignità alla mia presenza presso i Carpinteri e nella comunità straniera di Alessandria, e mi permettevano di mettere da parte qualcosa per ritornare al paese a testa alta. Il personale di casa mi prendeva in giro – "il pupo del console", li avevo sentiti sussurrare in cucina, dove prendevo i pasti quando non ero invitato alla tavola dei padroni. Gli impiegati del consolato mi trattavano con cortese distacco. All'università non mi credevano quando dicevo che mio padre era un ciabattino: pensavano venissi da una famiglia agiata, come gli altri europei che frequentavano i corsi. Ero, e mi sentivo, diverso da tutti. Ma non ero infelice: imparavo moltissimo, ogni giorno; Alessandria, a cavallo tra l'Africa e l'Europa, era una città magnifica e Tommaso mi voleva bene. Se non fosse stato per la nostalgia di casa mi sarei considerato fortunato.

Era passato un anno e fervevano i preparativi per le vacanze estive a Pedrara. Ero felice. Alcuni giorni prima della partenza, Tommaso mi informò che non avrei incontrato la mia famiglia, nemmeno al deposito in fondo alla Via Breve: sarei rimasto a Pedrara per l'intero periodo. Ci restai malissimo. Non capivo il perché, ma non feci domande. Tommaso era imbarazzato e sembrava irritato dal mio silenzio. Con una scusa mi lasciò subito e per qualche giorno evitò di trovarsi solo con me.

Il ritorno a Pedrara, tanto desiderato, divenne un incubo. Aspettavo ogni giorno una lettera dai miei, un invito a incontrarli, perfino una visita a sorpresa. Deperivo. Tommaso era di malumore e aveva trasferito le sue attenzioni altrove: lasciava la villa per Siracusa quasi ogni giorno senza mai dire quando sarebbe tornato. Mi avvicinai a Mariangela e alle bambine – tutti e quattro eravamo trascurati. E poi quell'estate conobbi Anna, venuta per una breve vacanza. Desiderava conoscere Pedrara e facevamo lunghe passeggiate insieme, chiacchierando. Mi piaceva sfoggiare la mia conoscenza del luogo e raccontare storie sull'Egitto a una donna matura e colta – era un'insegnante di italiano – che aveva esattamente il doppio dei miei anni. Lei mi trattava come un suo pari e mi faceva capire, con il ritegno e la discrezione che erano parte della sua natura, che la mia compagnia le faceva piacere. Godevo ascoltandola parlare; la mia vanità era solleticata dalla sua attenzione.

Poi, pochi giorni dopo la partenza di Anna, la tragedia: una mattina Mariangela inciampò e batté la testa; fu portata all'ospedale più vicino, dove morì per le conseguenze della commozione cerebrale. Tommaso, marito disattento e infedele, ne fu devastato. Anziché dedicarsi alle figlie cercò conforto in me. Volle perfino che gli stessi accanto durante la veglia funebre, nella loro camera. La salma era stata sistemata nel letto matrimoniale, una cuffia di pizzo sulla testa fasciata, le mani conserte e un rosario intrecciato tra le dita. La mia presenza accanto a Tommaso mi sembrava impudica, indecorosa. Un oltraggio alla memoria di Mariangela. E una prepotenza nei miei riguardi. Dipendevo in tutto e per tutto da lui, specialmente in quei giorni: mio padre gli aveva comunicato che certe persone erano venute a cercarmi in paese e che sarebbe stato opportuno tenermi nascosto, o perfino camuffarmi da femmina, quando venivano sconosciuti.

Dopo il funerale, i nonni materni avevano portato le bambine a Zafferana e io ero rimasto solo con Tommaso nella villa. Dovevo essergli sempre vicino, in casa e fuori, pronto a soddisfare i suoi capricci, a lasciargli sfogare la rabbia, a tutte le ore. Anelavo il ritorno ad Alessandria, dove alla fine di settembre ci avrebbero raggiunto le bambine e Anna. Ero determinato: non appena possibile, mi sarei cercato un lavoro per rendermi indipendente.

Tommaso aveva ripreso il suo lavoro e io gli studi. Lo vedevo poco. Stavo molto a casa: la presenza di Anna mi allietava. Mi informavo dei suoi impegni per la settimana e cercavo di farmi trovare nei posti da cui sarebbe passata. La raggiungevo a sorpresa per la passeggiata sulla Corniche e poi ci infilavamo nei bazar degli antiquari, sorseggiavamo il tè alla menta con i mercanti di tessuti, annusavamo gli aromi nelle botteghe dei profumieri. Percepivo una grande tristezza in lei, e non soltanto per la morte della sorella. Allora, non sapevo perché.

In quel periodo cominciai a lavorare. Avevo completato il primo anno di un corso di calligrafia classica araba, ottenendo un diploma. Un'impresa petrolifera italiana mi incaricò di tradurre e dipingere in caratteri arabi poesie da regalare a clienti sauditi. Il mio lavoro piacque molto, cominciai a ricevere committenze. Volli anzitutto la mia libertà e chiesi a Tommaso il permesso di cercarmi un alloggio. Lui ne fu scontento, ma non si oppose: in quel periodo corteggiava Anna e la mia assenza da casa era opportuna. Continuai a far parte della famiglia, anche dopo le nozze: pranzavo con loro la domenica, partecipavo a tutte le feste, li accompagnavo nei viaggi sul Nilo e, ogni estate, a Pedrara. Il filo di genuino affetto tra noi non si spezzò mai; Tommaso aveva una natura generosa, mi incoraggiava a crescere sotto tutti i punti di vista e godeva dei miei successi.

Nei salotti diplomatici avevo conosciuto e intrecciato rapporti con persone influenti. La zia di un finanziere turco mi aveva preso a benvolere e mi offrì alloggio nel suo appartamento, dove ospitava il nipote quando veniva ad Alessandria. Questi divenne l'uomo di fiducia dell'emiro di uno stato del Golfo e mi prese come suo interprete personale. La maggior parte dei denari che guadagnavo li mandavo a casa, ai miei genitori e ai fratelli, che erano ritornati in Sicilia, e spendevo il resto per me – vestiti, libri, oggetti d'arte, hashish. Una vita apparentemente felice, ma continuavo a essere tormentato dalla nostalgia e dall'incertezza del mio futuro. Di giorno studiavo e lavoravo molto, la sera mi stordivo di alcol, di droga, di sesso. La mattina dopo mi svegliavo con l'amaro in bocca e il cuore vuoto. E più era l'amaro, più era il vuoto, più chiedevo relazioni, ricevimenti, vita di società. Vivevo in una sorta di sospensione degli affetti. Ero grato al gioco mondano, dove per destreggiarsi bastavano gusto e intelligenza, ed ero ammirato per la mia eleganza raffinata e immaginativa – Tommaso aveva lasciato traccia. Ovunque entrassi, sapevo di avere addosso gli occhi di tutti. Mi piaceva, e ne avevo bisogno. Mi sentivo poco amato, nonostante gli incontri furtivi e la presenza di Tommaso nella mia vita privata.

Mi affezionai ad Anna, ormai moglie e futura madre, e lei si affezionò a me – un'amicizia venata di ambiguità e con zone d'ombra, ma sincera.

A ventun anni mi laureai. Tommaso ne era fierissimo; usando i suoi contatti era riuscito a fare riconoscere la mia laurea in arabo e il mio diploma di interprete da un'università italiana. Andammo a Roma per la cerimonia, lui e io. Mi portò da Litrico, un catanese che aveva fatto fortuna a Roma e che mi aveva cucito su misura lo smoking nero e quello dei Tropici, con la giacca bianca. "Ora che sei 'dottore' ti ci vuole una giacca adeguata. Spero di avere scelto bene." Il sarto aveva confezionato una giacca a doppio petto di vigogna blu. Accarezzai il tessuto: era sottilissimo e morbido. "Il commercio è stato vietato dalle Nazioni Unite, questo è uno degli ultimi tagli rimasti," disse il sarto, e mi aiutò a indossare la giacca: vestiva alla perfezione. Nel frattempo entravano nel salottino di prova gli aiutanti del sarto, uno con un paio di pantaloni color miele, l'altro con camicie di cotone finissimo, l'ultimo con una serie di cravatte e fazzoletti di batista per il taschino. Avevo gli occhi lucidi. E così Tommaso.

Il sarto e i suoi aiutanti si erano ritirati. Eravamo soli. Mi ammiravo nello specchio. Dietro di me, Tommaso guardava il mio riflesso. Mi sfiorò la nuca con la mano: "Voglio che tu sia splendido oggi, anche se so che così corro il rischio di perderti". E mi recitò dei versi di Teognide:

L'amore d'un ragazzo è bello averlo, bello perderlo;
molto più facile trovarlo che goderlo.
Ne vengono infiniti guai, e beni infiniti:
c'è una bellezza anche in questo.

"Facciamo una passeggiata," mi disse poi, "voglio sfoggiare la tua bellezza in tutta Roma." Camminavamo all'unisono sui sampietrini, i passanti ci notavano. Attraversammo piazza del Popolo ed entrammo in una via stretta. Tommaso si fermò davanti a un palazzo con inferriate alle finestre: "Entriamo, ci sono delle persone che vorrei farti incontrare". Mio padre e mia madre ci aspettavano, frementi. Avevano preso il primo aereo della loro vita – mia madre disse che sarebbe stato anche l'ultimo – e alloggiavano, ospiti di Tommaso, in un convento diventato ostello dei pellegrini per il Giubileo, nel centro di Roma: un'oasi di tranquillità con un chiostro alberato. Tommaso aveva invitato anche i miei fratelli, che ci raggiunsero il giorno dopo. Era generoso, Tommaso, e pieno di immaginazione e di tatto: non si fece vedere finché i miei non ritornarono in Sicilia. Passammo giornate intense, felici; anche quelle, come le lettere, senza mai un accenno al passato o al futuro. Bastavano le occhiate, le carezze, i sospiri a tenere vivo l'affetto profondo che ci legava e al tempo stesso ci allontanava, per il mio bene. La mestizia la tenevamo al guinzaglio, come una docile bestiola. Li accompagnai alla stazione con il cuore a pezzi.

Mentre gli altri caricavano le valige, mia madre, affacciata al finestrino, mi disse: "Lo sai che a casa la luce del corridoio è sempre accesa, la notte?".

"Ma io non sono più caruso, e non vivo più a casa!"

Lei mi guardò. "'Nsamai mio figlio Bede ritornasse." E poi: "Non ci si abitua mai ad avere i figli lontani, anzi, con il passare degli anni diventa peggio".

Sporse fuori il braccio e io le presi la mano.

"Statti bene figlio mio, te lo meriti. Ricordati di non fare male a nessuno, non è cosa tua." Mi guardò piena di tenerezza: "Mandami una fotografia della laurea!".

"No, niente fotografie!" intervenne mio padre arrivando alle sue spalle.

Il treno cominciò a muoversi. Le lacrime mi seccarono negli occhi: capii che era successa "cosa", dopo il fattaccio.

E lasciai andare la mano di lei.

Allora tu, Anna, ti colmasti di una nuova, luminosa sostanza. Diversa da mia madre, eppure pensierosa, come lei. Ti volevo bene come se tu fossi mia madre.

Anna, io ho cercato di aiutarti, fino alla fine; ma alla fine non ci sono riuscito.

13.

Mara e Luigi si confortano a vicenda

Domenica 20 maggio, sera
(Mara)

Avevamo accompagnato insieme il dottor Gurriero, sua figlia e il genero alla porta. Appena il tempo di richiuderla, e Pasquale con un veloce dietro front ci si parò davanti, l'indice puntato contro Luigi. "Ho lavorato per voi da quando sono arrivato qui con vostra madre, e da ieri sfacchino in cucina per farvi mangiare decentemente: ora ne ho abbastanza. Fate voi per la cena, con quello che è rimasto!" E si diresse a grandi passi verso la sala da pranzo, sbattendo la porta. "Scusate," mormorò Giulia, tutta rossa, "è stata una giornata pesante per lui, vi metto sul tavolo della cucina quello che c'è, pensateci voi." E sgattaiolò dietro a lui.

"Non lo capisco, proprio non lo capisco..." mormorava Luigi. Mi circondò le spalle con il braccio e mi strinse a lui.

"Vieni," gli dissi, "ti faccio vedere qualcosa che nessuno di noi riesce a capire... o che capisce fin troppo bene. E poi andiamo a cucinare." Lo portai nella foresteria e spalancai la porta dell'armadio ad angolo. "Dai, saliamo."

Pochi minuti dopo Nora dimostrò la sua placida natura: ci vide entrare nella camera da letto dalla stanza degli armadi e non batté ciglio. La zia invece sembrò sorpresa e ci accolse con un "Ah!" non del tutto amichevole. "Bede! Dov'è Bede?" chiedeva.

Giulia aveva lasciato sul tavolo della cucina un pacco di ditalini, una confezione di piselli surgelati, pane, uova e patate. La fruttiera era colma di susine, in una ciotola di legno c'erano cipolle, aglio e qualche carota. Luigi, di gran lunga miglior cuoco di me, decise il menu: pasta con i piselli, frittata con le patate e insalata di carote, cipolla e olive nere. Era la prima volta che cucinavamo insieme a Pedrara e ci davamo da fare con un certo impaccio. La zia era spendacciona al limite dell'oniomania; ogni volta che comprava un elettrodomestico, ne prendeva un altro identico da portare a Pedrara. Eppure sembrava che non ce ne fosse nessuno, in quella cucina. Aprivamo gli sportelli, frugavamo nelle madie, ma era come se il tempo si fosse fermato alla morte di nostro padre: mancavano perfino le fruste elettriche per montare gli albumi.

Apparecchiai con la tovaglia macchiata del pranzo. Luigi aveva deciso di cuocere la frittata nel forno, ma era pieno di frutta secca e di bacche – messe lì ad asciugare presumibilmente per qualche scultura di Pasquale – e così optammo per i fornelli. Sotto una teglia, Luigi notò un sacchetto di juta sporco di unto, chiuso da un nastrino di raso sfilacciato.

Lo aprì: erano normalissime pietre, che, mi spiegò, si mettevano sulla pasta frolla delle crostate per non fare sollevare il fondo durante la cottura. Rimise il sacchetto dov'era. Lavoravamo insieme in sintonia. Io gli avevo insegnato i rudimenti della cucina, prima che andasse all'università; ora era lui a dirmi cosa fare. Sbattevo le uova con due forchette, mentre lui rosolava la cipolla tritata prima di aggiungervi i piselli.

"Che ne pensi del dottor Gurriero?" mi chiese.

"Lo conosciamo da sempre, è un uomo deciso e un bravo medico. A papà piaceva molto."

"Mi hanno fatto paura le sue parole. Sul serio." E mi

guardò. "Io penso di andarmene domani. Mi consideri un codardo?"

Cercai di minimizzare. "Per niente. Anch'io me ne andrei, e forse non per la stessa ragione... Comunque è pur vero che i medici parlano spesso in tono melodrammatico."

"Dai! Andiamo insieme, con il volo per Milano!" E col braccio si scostò il ciuffo dalla fronte, la spatola di legno in mano.

Gli ricordai che, partendo di fretta, avremmo lasciato un lavoro incompiuto: la ricerca del tesoro di nonna Mara, che sarebbe stato utile a lui quanto a me.

Luigi mescolava la pasta nella pentola schiumante. "Io dubito che esista, questo tesoro, ma per precauzione dovremmo continuare la ricerca. Magari domattina, e poi partire con il volo della sera. Per avere la coscienza a posto."

La cena cominciò silenziosa. Le parole del dottor Gurriero rimbombavano dentro ciascuno di noi; non si fece alcun accenno al tesoro, che era diventato la nostra sola speranza, quasi un'ossessione. La pasta era gustosa: i piselli, addolciti dalla cipolla imbiondita, si maritavano perfettamente con la noce di margarina aggiunta all'ultimo momento, prima che si portasse la zuppiera in tavola. Era un pasto povero, come noi ci sentivamo. Poveri e impotenti, con una rabbia immensa contro nostra madre. Portai in tavola la frittata su un piatto di ceramica blu; l'avevo decorata con foglie di prezzemolo fresco, ma nemmeno quello suscitò alcun commento. Mangiavamo mogi mogi.

Pasquale raccolse l'unto della frittata con un pezzo di pane. Si passò il tovagliolo sulla bocca e lo posò sul tavolo masticando. "Usucapione!" esclamò con una smorfia. "Delle serre soltanto, o di tutta la terra?" Ci guardava, a uno a uno, aspettando una risposta.

"Spiegati," dissi io, "che intendi dire?"

"Dico che Pietro Pulvirenti sosteneva che i gestori delle serre potrebbero avvalersi del diritto di usucapione. Potrebbero dimostrare che il terreno adiacente era asservito alle serre o occupato da loro, e dunque usucapirlo! Restereste nudi e crudi, soltanto la villa vi apparterrebbe!" E poi: "Ma in effetti anche la villa potrebbe essere oggetto di una rivendicazione, se Bede sostenesse di abitarla da solo".

"Dobbiamo parlare con il notaio," intervenne Luigi, "e sapere da Bede quale parte dei terreni è usata dai gestori delle serre..."

"Non lo capisci che i gestori sono i fratelli di Bede? Sono i Lo Mondo che ci stanno strangolando, e nessun altro!" Pasquale aveva alzato la voce. "Che imbecille!"

Luigi era sbiancato. Infilzò l'ultimo pezzo di frittata e lo portò alla bocca. Masticava lentamente. Poi posò la forchetta e annunciò: "Domani parto".

"Vigliacco, ci lasci soli!" strillò Giulia levandosi in piedi.

"Parto anch'io."

Giulia mi guardò, cupa, furiosa. Pasquale taceva. Dopo aver preso la frutta, si congedarono e si chiusero nella loro stanza.

Luigi e io ci mettemmo a rigovernare. Eravamo stanchi. Ciascuno di noi riviveva gli avvenimenti della giornata: io pensavo al giovane nero sozzo di feci e vomito, lui alla moglie e al figlio, tra cui c'era stata una zuffa. Non volevamo separarci, era come se ognuno avesse bisogno della compagnia dell'altro. Andammo a fare una passeggiata in giardino. C'era la luna piena e la notte non era ancora calata. Camminavamo lungo il viale degli alberi del kapok, tutti pungiglioni, e li sfioravamo, in silenzio. Apparve Bede, andava – di fretta – nella direzione opposta. Sembrò sorpreso di vederci, ci salutò da lontano: "Tutto bene?". Noi facemmo cenno di sì. E lui scomparve. Nella sua voce mi sembrò di avvertire un'invincibile stanchezza.

"Io credo che mamma non mi abbia mai voluto bene," sbottò Luigi. "Sai perché?"

Lo rassicurai: era una donna riservata, certo che lo amava! *Coloro che concepiscono senza piacere trovano difficile amare i figli d'istinto, ma devono imparare. I bambini non amati avvizziscono nell'animo e nella carne*, mi aveva scritto la zia. *Ci si riesce, ad amarli.* E invece lei non c'era riuscita. Tutto a un tratto mi saltarono davanti agli occhi alcune fotografie particolarmente disturbanti delle riviste porno. Scacciai il pensiero orribile che mi aveva attraversato la mente.

Inalavamo il profumo muschioso delle piante inumidite dalla notte. Passando sotto la tettoia del glicine Luigi alzò il braccio a sfiorarne i grappoli leggeri, io invece mi abbassavo per odorare le rose selvatiche tra le melanzane fiorite: era l'aiuola preferita della zia, che aveva abbracciato la passione di nostro padre per la mescolanza di piante ornamentali e ortaggi. Ci fermammo davanti alla fontana grande. Era pulita e priva di pesci, lo zampillo dai piedi della ninfa cadeva chiacchierino sull'acqua, immutato.

"Mi pare un congedo, carezziamo il nostro giardino per l'ultima volta," disse lui, e io annuii. Dicevamo addio a Pedrara. Dovevamo.

Se doveste rimanere a Pedrara, lo fareste a vostro rischio.

Rientrammo in casa dalla porta principale, anziché da quella posteriore. Dalla sala da pranzo si sentivano passi pesanti, regolari, come in cerchio. Poi un tonfo. Un altro, seguito da gemiti sommessi. Povera Giulia!

Ci guardammo. Gli occhi azzurri di Luigi erano ritornati quelli del bambino di nove anni al momento del rientro in Svizzera, in taxi, insieme agli altri due ragazzini romani che frequentavano il suo stesso collegio. Impauriti. Sofferenti. Mi offrivo di accompagnarlo io alla stazione, e andavamo via da casa, la mano di lui stretta nella mia, soli.

La zia, in quelle circostanze, optava per andare in chiesa a recitare il rosario.

Luigi mi strinse la mano. Come allora.

"Posso dormire con te?"

E così avvenne, come quando bambino aveva gli incubi e veniva a infilarsi nel mio letto. Mi svegliavo con le sue ginocchia contro la schiena. Come l'ultima notte delle vacanze, quando lui non sopportava l'idea di lasciare casa e si presentava nella mia camera piangente, il ciuffo biondo umido di pianto e sudore. Si accucciava accanto a me e io lo cullavo fin quando i singhiozzi non si placavano, le braccia strette attorno alle sue spalle gracili.

14.

Tu si' spiritu libero

(Bede)

Da qui ti vedo soffrire. Riesco a entrare nella tua memoria. Fratello e sorella nel cerchio protettivo che vi ha sempre separato dal mondo. Nel cerchio dei gesti che ci salvano. I piccoli gesti dell'amore. Dovunque li ho cercati, quei gesti, dovunque ho aspettato di vedere il lume acceso di mia madre, ad accogliermi. Essere scelto per sempre. Mara, tu mi hai sentito quella sera in giardino, tu hai capito. Noi siamo appartenuti alla casa di Pedrara, come si appartiene ai fantasmi delle persone che abbiamo continuato ad amare...

"Tu nascisti diverso. Bello sei tu, di una bellezza speciale," diceva mia madre, e anche mio padre, Gaetano e Giacomo lo dicevano, con lo stesso orgoglio. Le donne di famiglia e le clienti di mia madre non facevano che ripetermelo, che ero bello, e che lo sarei diventato ancora di più. Trotterellavo accanto a mio padre, schiena dritta e testa alta, per la visita giornaliera dal panettiere. Dovevo ascoltare impassibile, come se fossi un pupo di pezza, i complimenti della gente. Quant'era bedduzzu 'stu figliu tardivo, e diverso dagli altri due. Passavano ai commenti diretti: Che occhi belli! Quant'ero cresciuto! Si vedeva che sarei diventato alto! Che capelli, neri come il carbone, e lucidi! Quei commenti tediosi erano resi tollerabili e perfino gradevoli dalla vanità già ben radicata, e che non mi ha mai abbandonato. Può essere di grande conforto, la vanità.

Passavo ore allo specchio, e mi piacevo. Avevo bisogno di piacere agli altri. Cercavo complimenti; l'ambizione di essere il migliore – il più bravo nei giochi, il più gentile, il più coscienzioso – mi faceva passare per buono. Cucivo vestiti per le bambole delle amiche con ritagli di stoffa di mia madre, costruivo automobiline dalle boatte vuote di sarde salate e di concentrato di pomodoro; con rami di olivastro, spago e una cinghia sapevo fabbricare fionde e archi che poi regalavo agli amici; aiutavo gli anziani a portare i sacchi della spesa; per fare piacere agli altri correvo a comprare sigarette, cerini, a portare schede del Totocalcio, a impostare lettere. Tutto per la vanità di sentirmi dire che ero bravo.

A scuola imparavo senza sforzo. Volevo eccellere, trovarmi un lavoro che mi piacesse, essere indipendente. In paese c'era disoccupazione; i giovani emigravano – come avevano fatto i miei fratelli – o speravano in un "posto" attraverso i favori dei politici. Avevo quindici anni. Mio padre e mia madre erano disposti a farmi continuare gli studi, mentre Gaetano e Giacomo avevano lasciato la scuola dopo le medie. Per la prima volta mi sentii inferiore: invidiavo i compagni cresciuti nel benessere, dove i libri erano quantomeno una presenza necessaria. Mio padre conosceva un professore di liceo che si chiamava Giuseppe Mendolia; insegnava a Siracusa e viveva a Pezzino. Questo si offrì di darmi lezioni private. Mia madre non voleva, non le piaceva "prendere senza pagare"; il momento della resa sarebbe venuto, prima o poi. Mio padre la persuase a fare una prova; poi mi parlò a solo: "A scuola e nel lavoro devi obbedire. Con il resto, non devi mai dire di sì per educazione o per fare contento un altro. Quando vuoi una cosa, devi dire di sì; e devi dire di no, se non ti piace più. Ricordatelo".

Erano belle, quelle lezioni private. Il professore mi prestava i libri di cui mi parlava, e ne discutevamo insieme. Poi passò a insegnarmi la poesia latina e quella greca. E l'arte dei Greci. Mi portò al Museo archeologico di Siracusa. Vidi statue di giovani dai corpi stupendi, vasi con dipinti di amplessi tra uomini e ragazzi, e sentii una strana commozione, come se mi fossero vicini, simili. "Tu sei come loro," disse lui, "hanno ispirato tante poesie d'amore, questi giovani incostanti. Godi e fai godere."

Dal professore imparai che l'amore è sublime a ogni età e con chiunque si abbia un'affinità, senza badare a ceto, razza e genere. Quando compii sedici anni, mi sentii cresciuto. Era giunto il momento di staccarmi dal professor Mendolia. Avevamo parlato, e molto, degli amori tra adulti e ragazzi: hanno un inizio e devono avere una fine, come quelli degli antichi Greci. Era scontato che anche il nostro sarebbe finito, com'era giusto.

Ero curioso di tutto. Ero il più bello tra i miei amici, così si diceva in giro: le ragazze mi corteggiavano, e io le trovavo attraenti. I ragazzi copiavano il mio modo di vestire. Volevo fare vita di comitiva e stare con i miei coetanei. Lo dissi al professore. "L'incostanza fa parte del processo della crescita; ti sono grato per avermi permesso di essere vicino alla tua bellezza," mi rispose lui. "Con gli anni ho imparato che la sofferenza di non essere riamato non deve allontanare chi è respinto dalla ricerca di altri amori. Auguro lo stesso a te.

Il ragazzo e il cavallo si comportano allo stesso modo:
il cavallo non piange il fantino caduto nella polvere,
ma, sazio d'orzo, si sottopone a chi viene dopo:
così il ragazzo bacia l'uomo che gli capita a tiro."

E ci lasciammo con un'ultima umida vasata.

Il mio primo ricordo della Matrice di Pezzino è di mia madre che mi porta, bambino, nella cappella dell'Annunciazione a Maria. "Tu sei come l'angelo dell'Annunciazione," mi disse indicando il grande dipinto nella chiesa madre. Quando crebbi mi soffermavo spesso davanti a quel quadro. Quello io volevo essere, né maschio né femmina, come l'angelo. Io, Bede. Il bellissimo Bede. Il professor Mendolia mi aveva fatto capire che tanti altri uomini erano come me e lo erano sempre stati, questo mi aveva dato sicurezza. I masculi mi piacevano; ma anche le femmine.

Quell'anno, quando i fratelli ritornarono in Germania dopo le ferie, mi raccomandarono di comportarmi bene e di non dare nell'occhio. Gaetano e Giacomo mi avevano protetto sempre: se qualcuno mi prendeva in giro per come mi vestivo o camminavo, uno dei due interveniva e ci metteva fine. Li rassicurai che ormai ero grande ed ero in grado di badare a me stesso. Non ci fu bisogno di spiegarmi meglio. Lo sapevano che volevo divertirmi insieme agli amici, come tutti gli altri. In più, volevo fare l'amore a modo mio.

Ma ero stato arrogante.

15.

"Love is love"

Domenica 20 maggio, notte
(Mara)

Non riuscivo a dormire; mi sentivo svuotata. Avevo prurito e mi grattavo le spalle. Mi stropicciavo gli occhi cisposi. Avevo fame. Mi ero alzata senza svegliare Luigi e, presa la borsa dove c'era un pacchetto di cracker, mi ero diretta al balcone.

L'aria era molle. Guardavo il buio, ascoltavo quell'apparente assenza di suoni e odoravo i profumi tiepidi che salivano dal giardino. Lasciavo Pedrara, per sempre.

Dei passi. L'avvertimento del dottor Gurriero – "Se doveste rimanere a Pedrara, lo fareste a vostro rischio" – echeggiava senza tregua. Ebbi paura. I passi si avvicinavano, cauti. Fruscio di fronde, scricchiolio sofferto di rami piegati, poi silenzio. Il rumore veniva dalla torre. Lì il buio era davvero pesto. Un rauco "Madame... Madame" soffiava dal carrubo storto. Germinato da un seme trasportato dal vento, l'albero era cresciuto proprio accanto alla torre. Il tronco era inclinato verso il giardino, sfidando la gravità. Mio padre sosteneva che, se non fosse stato per le fondamenta della torre che impedivano il movimento alle radici avvolte e legate ai loro pietroni, il grande carrubo si sarebbe schiantato a terra da tempo. Uno scricchiolio sommesso. Anzi, un cigolio. Un ramo sembrava dondolare. Cercavo di vedere nel buio, invano. Poi la voce, di nuovo. "Merci, madame." Il ragazzo del Mali saltò a terra e si avvicinò al balcone, senza uscire dagli arbusti.

"Merci madame, per avermi tagliato i lacci. Me ne vado, sono in fuga da questo posto."

"Anch'io me ne andrò presto. Dopodomani," dissi sottovoce, quasi potessi comparare la sua sorte alla mia.

"Fate bene, qui c'è brutta gente. Cattiva. Rimango qui attorno fino a che non ve ne andate, per proteggervi. Ricambiare."

Infilai cento euro nel pacchetto dei cracker e glielo lanciai.

Lui si avvicinò carponi e poi si dileguò.

Rientrai nella mia stanza. Soltanto allora capii cosa aveva detto: ma io non gli avevo tagliato i lacci. Chi era stato? Tornai al balcone, lo chiamai: "Vieni... Vieni qui!".

Dall'albero una voce: "Mi chiamo Jacques".

"Chi ti ha tagliato i lacci? Non sono stata io!"

"Allora sarà stato un angelo dai capelli rossi e dalle labbra morbide." E accennò *Love is love, hate is hate, but is hard to separate*, che pian piano si affievoliva finché non si sentì più. Un fruscio di fronde, e Jacques tornò dentro la notte.

16.

Si aspetta fino a quando è necessario

Lunedì 21 maggio, mattina
(Mara)

Alla prima colazione, Luigi e io annunciammo che avevamo prenotato i nostri voli per l'indomani; una giornata intera sarebbe stata sufficiente per la ricerca dei gioielli, semmai fossero stati a Pedrara. "Ah," disse Giulia. Pasquale non fece alcun commento. Continuammo il pasto in un silenzio interrotto dai soliti "Vuoi un altro toast?", "Mi passi il burro, per favore?", "Lascio aperto il vasetto della marmellata?", "Chi vuole l'ultima fetta biscottata?". Ciascuno di noi era in lotta con i propri pensieri.

Mentre sparecchiavamo, Nora si affacciò dal giardino: "Scusate, ma ha telefonato il dottor Gurriero: arriva tra dieci minuti," e poi, rivolta a me, aggiunse imbarazzata che desiderava andare a casa di Bede per rassettarsi prima che arrivasse il medico: potevo tenere compagnia io a donna Anna e dare il contenitore delle urine al medico, se lei non fosse stata di ritorno in tempo? Notai in quel momento che Nora indossava ancora la vestaglina e le tappine di casa. Per le scale, mi spiegò che Bede era uscito la mattina presto e l'aveva fatta venire di fretta, senza darle il tempo di vestirsi, ma per fortuna lei e la sorella tenevano un cambio a casa dello zio, per ogni evenienza.

La visita del dottor Gurriero non aveva avuto intoppi. La zia ripeteva la sua cantilena – "Bede! Bede! Dov'è Bede?" –, ma la interrompeva per obbedire alle richieste del medico e rispondere alle sue domande. Il dottor Gurriero l'aveva trovata un po' confusa, ma non peggiorata. Mi ribadì che la nostra presenza era superflua, anzi, controproducente. Sembrò rasserenato quando seppe della partenza mia e di Luigi. "Bravi! Speriamo che gli altri due vi seguano presto." Lo accompagnai alla porta e a un tratto mi ricordai che non aveva preso il contenitore delle urine, lasciato sul tavolino da Nora. "No, no," disse lui, sovrappensiero, "l'ho preso poco fa."

Tornai di corsa nella stanza della zia e il contenitore era sul tavolino. Non capivo. Mi sentivo confusa. Era troppo. Luigi ritornato bambino, il nero che mi diceva di stare attenta, la caccia al tesoro di nonna Mara, Bede che appariva e scompariva, Giulia e Pasquale che si amavano e si odiavano. Come mi capitava sempre più spesso, in casa mi sentivo soffocare – dovevo scappare via.

Presi la scala interna che dal primo piano portava nel soggiorno, accanto alla veranda da cui si usciva sul giardino di dietro. La porta a vetri era bloccata da Luigi: appoggiato allo stipite, parlava concitato al telefono con Natascia. Il suo bel profilo regolare e la barbetta chiara spiccavano contro lo sfondo del vetro policromo. Dovevo usare la porta principale e passare davanti alla sala da pranzo occupata da Giulia e Pasquale: un percorso che avrei preferito evitare.

Ero nell'ingresso. Ai lati, le due grandi porte scure, una di fronte all'altra, e senza i sopraporta di vetro: porte solide, che mantenevano i segreti. Quella che dava nella foresteria – ora lo sapevo – custodiva il segreto della scaletta a chiocciola: dal guardaroba, nonna Mara scendeva non vista per abbandonarsi nelle braccia dell'amante, in quella follia di villa da lui costruita per trascorrere insieme a lei ore di passione. Senza sensi di colpa, senza dubbi, senza titubanze.

Sul lato opposto, la porta della sala da pranzo. E mi trovavo a fronteggiare un nuovo segreto, quello di Giulia, che aveva accatastato i mobili in un angolo per fare spazio a un letto che divideva con l'uomo che la maltrattava. Che la umiliava. E da cui lei non voleva staccarsi. Perché credeva di amarlo. Perché credeva che lui la amasse. Perché aveva paura di stare sola, e si sentiva indegna dell'amore di lui e di chiunque altro. Pasquale – che si presentava come un uomo moderno, operoso, gentile, compassionevole – le aveva intaccato la sicurezza, il rispetto e la stima di sé. Lui che era stato il primo in una famiglia di operai a prendere la laurea e a interessarsi di politica, che si vantava di combattere per le pari opportunità delle donne, per la giustizia, per i diritti umani. Lui che, una volta separatosi, aveva lasciato il posto di insegnante ed era andato in pensione a quarant'anni, dopo essersi preso il figlio a carico per rientrare nei parametri previsti dalla legge. Da allora non aveva più lavorato. Si faceva mantenere da Giulia; anzi, le concedeva il privilegio di pagare le sue spese.

C'era silenzio. Un sospiro. Ce l'avevo quasi fatta.

Poi, un tonfo. Qualcosa di pesante era caduto. Pasquale sbraitava. Sentivo Giulia che gli prometteva di non farlo più: "È colpa mia, scusami!", "Non te la prendere!", "No, si è rotto!", "Perdonami!". Pietiva clemenza in tutte le forme. Poi, le parole tremende: "Vai sulla mattonella di Giulia!". L'ordine di star ferma. Silenzio. Uno schiaffo. "Non muoverti, puttana!" Ero davanti alla porta, pronta a entrare. Avevo paura. Mi disprezzai, *dovevo* intervenire. E se fosse stato peggio? Se lei mi avesse detto che le piaceva essere picchiata, che lei, come la zia – e, chissà, anche come nostra madre –, godeva delle frustate descritte e rappresentate vividamente nelle riviste tenute per trent'anni dopo la morte di nostro padre? La zia le guardava per eccitarsi? Per immaginare di essere maltrattata? E se Pasquale se la fosse presa con me?

Mi abbassai e guardai dal buco della serratura. La sala

da pranzo dai mobili Liberty in noce biondo era stata completamente trasformata: le due credenze con specchiera, un tempo una dirimpetto all'altra, erano state spostate, schiena contro schiena, a destra del camino. A sinistra, due reti singole formavano il letto matrimoniale; le sedie con i braccioli dei capotavola facevano da comodini. Il lungo tavolo da pranzo non era più al centro della sala. La sua assenza era evocata dal riquadro di mattonelle amaranto – esattamente della stessa misura – al centro del pavimento di graniglia di marmo a scacchi beige e rosa.

Trattenni il respiro. Giulia avanzava a piedi nudi lungo la bordura del riquadro, una greca di gardenie. Pasquale la guidava da dietro. Lei con addosso soltanto uno slip, lui vestito di tutto punto. Giulia intanto aveva raggiunto la mattonella all'angolo del riquadro, con le foglie verde chiaro e due gardenie rosse, stilizzate, su fondo beige. "Fermati!" le ordinò lui. Era quella, la "mattonella di Giulia". Pasquale le ingiunse di assumere la posizione del cane, a zampe in su, seno e ventre offerti alle sue pedate, sempre sulla "mattonella di Giulia", senza sconfinare sulle altre, tenendosi in bilico sul fondoschiena, gambe e braccia piegate in aria, e la colpiva con il calcagno, le schiacciava il ventre con le suole a carrarmato, le tormentava i capezzoli con la punta degli scarponi, poi con il tacco. Le ordinò di accucciarsi come una lepre, testa e ginocchia sulla mattonella, e cominciò a prenderla a calci su schiena, sedere e cosce. Senza rallentare, le ordinava di compiere piccoli movimenti per permettergli di colpirla nei punti più dolorosi. "Alza il mento! Solleva il braccio! Allarga le cosce! Girati! Calati!"

Non ebbe mai bisogno di dirle di stare zitta. Giulia aveva perduto la voce.

Poi la sollevò di forza. La colpiva sulle gambe, che si afflosciavano. La prese per un braccio e la spinse contro il muro. "Fai schifo!" le urlava, e la teneva in piedi serrandole un braccio mentre con l'altra mano le sbatteva la testa contro la boiserie. A un tratto Pasquale la lasciò andare e si allontanò a passi pesanti. Giulia scivolò a terra. Soltanto allora ruppe il silenzio con i primi gemiti.

E io codarda, sudata e tremante, non intervenni.

Attraversai svelta il giardino, poi mi misi a correre in direzione del fiume. Scendevo verso il Pedrara per lavarmi via il fango di cui quei due mi avevano imbrattata, rinfrescarmi, purificare i sensi. Incespicando mi aggrappavo ai rami che ingombravano il sentiero. Mi rialzavo, le mani graffiate e piene di spine, e continuavo. Non potevo fermarmi. Ero sul viottolo scosceso che portava alla polla dove ci bagnavamo da bambini. Sul lato opposto, la parete della roccia scavata dal fiume saliva dritta e liscia dal fondovalle fino all'altopiano, intatta: i Siculi non erano riusciti a violarla. Vi si erano insediate tenaci colonie di capperi dai densi ciuffi verdi che punteggiavano il grigio biancastro della roccia. Mi ero fermata sulla "nostra" spiaggetta di ciottoli; la natura aveva creato un minuscolo anfiteatro di pietre, protetto da un semicerchio di canne e lecci; come fondale, la parete al di là del fiume su cui cadevano a raggiera tralci di fiori di cappero, bianchi e rosa.

Quello era il posto dell'immaginario. E delle speranze.

Giulia e io inventavamo commedie e le rappresentavamo lì, in costume da bagno e con vecchi lenzuoli, con amici e anche da sole. Speravamo di essere felici da adulte, e di rendere felici gli uomini che avremmo scelto. Non ci eravamo riuscite. Io mi ero arresa alle avventure impossibili, nella certezza della solitudine. Giulia aveva scelto i suoi uomini tra quanti non erano degni di lei, per mettere loro a disposizione quello che possedeva e se stessa – lei, figlia di ambasciatore; lei, con due lauree; lei, bella come nostra madre. E per lasciare che abusassero di lei.

Entrai nella polla. Era come un'ernia del fiume, una piscina tondeggiante e limpida; sul fondo sabbioso nuotavano minuscoli pesci argentati. Una diga di pietroni portati dal fiume stesso la proteggeva dall'acqua corrente, senza separarla totalmente. Mi raccolsi la gonna; avanzavo nel fiume, le gambe immerse nell'acqua. Era fredda. Mi dissetavo bevendola dalle mani a conca. La sponda a valle era fiancheggiata da una muraglia di oleandri fioriti, dello stesso rosso, profondo e lucido come smalto, che si riflettevano sull'acqua creando disegni, sfumature e chiaroscuri sul verde. La parete di roccia rasente l'altra sponda seguiva i meandri del fiume; non più a picco e intatta, si piegava in gradoni perciati dall'uomo. Non lontano, ben visibile, sporgeva su un'ansa del fiume e si levava alto un cilindro di pietra levigato dalla pioggia e dal vento, una specie di colonna dalla cima tagliata che sorgeva dall'acqua. In quel punto, e da ambedue i lati, la roccia della cava non era grigio-bianca, il colore dominante, ma azzurrina; in alto diventava addirittura rosata. Mi sentivo in un tunnel di acqua, di luce, di fiori e di pietra chiuso dal limpido cielo mattutino.

Da lontano scorsi una figura: si arrampicava sulla colonna. Procedeva cauta. Seguiva un percorso obliquo che la portava fuori dalla mia vista. Poco dopo, sulla cima apparvero prima un braccio muscoloso, poi una gamba piegata, poi ancora il tronco e la testa. Era un uomo nudo, di spalle, magnifico. Ai piedi della colonna l'azzurro-verde del fiume si era tramutato in blu intenso. L'uomo era immobile: le mani sui fianchi, glutei da discobolo, vita sottile, i capelli lisci che sfioravano le spalle. Un *kouros*. Alzò le braccia e le allargò disegnando un cerchio nell'aria, poi le lasciò ricadere lungo i fianchi. Dopo una pausa, riprese a muovere le braccia lentamente: questa volta le incrociò sul petto e poi le aprì nel movimento di prima, formando un cerchio sulla testa e poi riabbassandole. Un movimento pacato, regolare, magico, come lo sbocciare di un fiore. L'uomo fece un quarto di giro – guardava la polla d'acqua ai piedi della colonna. Dritto, piedi uniti, spalle indietro. Vedevo in pieno, di profilo, la sua mascolinità magnifica, sormontata da una cresta riccia. Un vero *kouros*. Ogni muscolo si preparava al tuffo. No, no, morirà, pensavo, non deve. Quella sotto la colonna era notoriamente la pozza più profonda – tanto profonda quanto stretta, forse scavata dall'uomo per ricavarne un bacino utilizzabile e poi abbandonata. I muscoli pulsavano. Poi alzò le braccia e si tuffò, di testa. Mi era balenato che potesse essere Bede, ma il dubbio sull'identità dell'uomo fu sommerso da un'ondata di desiderio.

D'improvviso mi sentii spiata. Sulla roccia di fronte, gli ingressi rettangolari delle tombe erano stati scavati a due a due, come occhi. E da dentro decine di altre paia di occhi, neri come la pece, spiavano il mattino.

Il suono netto dell'acqua tagliata dalle bracciate mi avvertiva che il tuffatore l'aveva scampata. Cercai invano di scorgerlo. Il cellulare nella mia sacca abbandonata a riva emise un triplice *bip*. Un sms di Viola. La clinica di Las Vegas l'aveva accettata per un programma di cura; era costosissimo, ne avrebbe parlato con il padre. Poi, le notizie: lei e Thomas ci avrebbero raggiunto a Pedrara, quel pomeriggio, lui da Bruxelles e lei da Milano. Rimisi il cellulare nella sacca. Non avevo i denari per pagare le cure per l'anoressia, e Alberto non glieli avrebbe mai dati. Non mi rimaneva che sperare nel tesoro di famiglia. E l'indomani non sarei partita. Mi guardai intorno. Pedrara era nel suo periodo di maggiore splendore, la primavera inoltrata. Attorno alla mia sacca svolazzavano farfalle dalle ali bianche e nere; la riva era tutto un fremere di api, libellule e altri insetti – piccoli e grandi – alla ricerca di polline. Non l'avrei lasciata Pedrara, non ancora. Poi mi rintoccarono dentro, sommesse, le parole che mi avevano accompagnata da quando le avevo sentite – "Se doveste rimanere a Pedrara, lo fareste a vostro rischio" – ed ebbi di nuovo paura.

Il tuffatore era sparito. Erano spariti anche gli occhi dentro le tombe. Il cielo era definitivamente azzurro.

Andai subito dalla zia a darle la notizia dell'arrivo di Viola; ma ero io che volevo il conforto della sua mano nella mia, dei suoi sorrisetti, delle sue parole sconnesse. Era di turno Pina; l'aveva fatta sedere sul letto con l'aiuto dei cuscini e si era messa a fare le pulizie, senza perderla d'occhio. Raccontai alla zia della mia passeggiata al fiume e del tuffatore, senza omettere nulla. "Dirò a Viola di andarci."

La zia mi seguiva con lo sguardo vago. "Il fiume, là. È un posto letale," mormorava, "per tutti. Non mandarci i ragazzi." Poi, con occhio vispo, ammiccò: "Ci si innamora, lì".

Silenzio. Poi: "Bede dov'è?".

"Bede non si è visto, stamattina," intervenne Pina. Ci aveva ascoltate.

"Aspettiamo... io ho sempre aspettato..." diceva la zia.

"Ma fino a quando?" Avevo bisogno di certezze.

"Quanto ci vuole. Si aspetta fino a quando è necessario. E nel frattempo si godono le cusuzze nostre."

"Zia, che dici?"

"Aspetta, aspetta. Lui viene, sempre, lui viene, fino alla fine..."

"Come lo saprò, che siamo alla fine?"

"Sciocca! Si capisce quando si è alla fine."

In quel momento sentimmo un canto, veniva dalle serre o forse dall'alto, non ne ero sicura. Era botta e risposta, lieve, delicato, struggente come una stornellata d'amore. Un canto del Mali, ancora.

Pina spolverava con il piumino i quadri e le fotografie incorniciate in tartaruga che affollavano le pareti e teneva gli occhi fissi su di noi. Il piumino, lasciato a se stesso, finiva per carezzare svagatamente la carta da parati.

"Bello!" sospirò la zia, e mi strinse la mano. "Dall'Africa... qui ci sono africani."

Pina sentì e corse a chiudere le finestre. Poi si avvicinò a noi. Era mezzogiorno, l'orario di mettere donna Anna sulla padella e darle la pillolina, così aveva detto il dottor Gurriero, e mi invitò ad andare via. Guardai la boccetta delle pillole: il medico aveva scritto a mano la posologia, su un'etichetta.

Andai nello studio. Cominciai a tirare fuori i libri dagli scaffali bassi; li sbattevo per farne uscire la polvere e controllavo che tra le pagine non vi fossero carte o appunti. Ma di polvere non ce n'era, era come se fossero stati maniati e letti negli ultimi mesi. Poco dopo, un lieve bussare alla porta. Ero sorvegliata, non avevo dubbi. "Avanti."

Entrò Bede. Indossava una galabeya di cotone verde chiaro, come i suoi occhi. Era appena stirata, si vedevano i segni della piegatura. Si guardò intorno e non disse nulla della pila di libri sul pavimento. Mi annunciava per la tarda mattinata una seconda visita del dottor Gurriero con l'intera famiglia, per salutare me e Luigi prima della nostra partenza. Verso l'una sarebbe arrivato il notaio Pulvirenti, per parlare con noi tre figli. Aveva avvertito Giulia e Luigi. Detto questo, Bede fece per andare.

Volevo parlargli. Volevo sentirlo. Non sapevo perché, ma non volevo lasciarlo andare. Mi attraeva.

"Quando sei tornato?"

"Da dove?"

"Da dove eri stanotte."

"Parli come mi parlava mia madre quando avevo tredici anni," rise lui.

"La zia ti chiamava."

"L'ho vista."

"Chi ti ha detto che partiamo?"

"Luigi. È nella stanza blu, al secondo piano. Cerca degli scialli da portare a sua moglie."

"Io non parto più. Viene Viola e non posso fermarla. E verrà anche Thomas."

"Il figlio di Luigi?"

Bede era bellissimo di profilo, la carnagione abbronzata spiccava sul verde della galabeya e contro il fogliame del fico dietro la finestra.

"Hanno organizzato questa sorpresa per noi. Arriveranno stasera. Partiremo mercoledì insieme, forse..."

"Allora non parte nemmeno Luigi?"

"Penso di no. Non so se Thomas gli ha annunciato il suo arrivo."

Bede sembrava illuminato da una luce interna. Mi attraeva. Molto. "Andiamo a dirglielo insieme," proposi.

Bede ci pensò su. "Va bene."

Passammo davanti alla camera della zia. Pina stava portando fuori la cesta della roba da lavare. Intravedemmo la zia, appollaiata sul letto. Indossava una camicia da notte celeste ben stirata con un vezzoso fiocco di raso. Lei ci riconobbe e prese a chiamare: "Bede! Bede, vieni da me...".

Lui si fermò sulla soglia. "Vado da Luigi con Mara, torno subito."

La zia rantolò, un "No!" sgraziato, violento, che poi si sciolse in pianto.

Bede esitava, imbarazzato. Poi entrò deciso. Lo seguii.

Andò dritto da lei e si abbassò per parlarle. La zia lo tirava a sé. Rimasi in disparte, indecisa se raggiungere Luigi o aspettare Bede. Pina intanto era tornata indietro e dalla soglia mi invitava ad andare via. Non le diedi conto. La zia stava attirando Bede a sé. Lui posò le labbra sui suoi capelli. Lei gli prese la testa tra le mani e gliela spinse in basso, fin quando le loro labbra non si toccarono. E lo baciò. Me ne andai in punta di piedi, poi, sulla soglia, d'impulso mi girai: erano ancora incollati uno all'altra. Un raggio di sole batteva sui capelli di Bede, raccolti come di consueto in un codino discreto. Brillavano come se fossero bagnati.

Dal fondo del corridoio Pina mi osservava.

17.

Le cusuzze della contentezza

(Bede)

Mi manca il disegno, Anna. Uno spirito non può disegnare.

Tu hai capito, Mara. Mi avevi visto. E forse continui a vedermi anche ora, attraverso la nuova lontananza, attraverso tutto questo cielo amico. Una bambina. Una bambina curiosa. In che vortice ti sei lasciata andare, in quei nostri giorni di Pedrara.

Quando mia madre cuciva non parlava mai del presente. Se le chiedevo cosa aveva preparato per pranzo, o se potevo andare fuori a giocare, sobbalzava e batteva le ciglia, come se l'avessi riportata nella cucina da un posto lontano, dove lei era libera e sola, insieme ai suoi pensieri, i compagni delle lunghe ore di cucito. Li lasciava soltanto per preparare le gugliate, un lavoro che l'assorbiva completamente. Sceglieva la lunghezza adatta al tipo di lavoro – lunghe per le imbastiture, corte per le cuciture a mano da fare saldamente – e poi rompeva il filo tra i denti. Infilava la gugliata nella cruna dell'ago, dopo una leccata veloce per fare la punta, poi la tirava. Se era lavoro d'imbastitura faceva il doppio nodo a un centimetro dalla fine, per sfilare la gugliata velocemente dopo la cucitura definitiva e conservarla sull'apposito rocchetto per una seconda imbastitura; altrimenti, per le cuciture definitive, quelle a punti stretti e accavallati, faceva un solo nodo, piccolo e robusto.

Mia madre mi insegnò a crearmi una felicità che nessuno potesse distruggere: i pensieri del cassetto "del cuore", pronti a essere tirati fuori per confortarmi. "Pensa alle cose belle e interessanti che hai visto ieri e avant'ieri, e ricorda. Se non te ne vengono, guardati intorno e cerca una cosa che ti fa sorridere."

Posava la gugliata e con l'indice mi indicava le formiche che, nella speranza di trovare cibo, correvano verso l'angolo dove lei aveva appoggiato la scopa dopo aver spazzato i fili caduti per terra; due mosche che volavano insieme a spirale nel momento culminante del corteggiamento, prima di accoppiarsi; sul davanzale, i ciottoli di fiume che mettevamo sul coperchio della pentola in cui bollivano le bottiglie di salsa di pomodoro. E, fuori dalla finestra, il cielo.

"Il cielo è il nostro compagno di sempre. Ogni paese ha il suo cielo, ed è sempre bello. Anche se piove. Appartiene a tutti, poveri e ricchi. La cosa peggiore di andare in galera non è essere privati della libertà, tanto lì si mangia, si dorme e magari ti insegnano a leggere e scrivere, e perfino si lavora. Si soffre della mancanza del cielo. Così dicono quelli che ritornano dalla galera. Il cielo non annoia mai nemmeno quando il sole ci batte mese dopo mese, il colore del cielo cambia ogni giorno, picca, ma cambia. Ci volano gli uccelli nel cielo, e gli aeroplani. E ci voleremo tutti noi quando moriamo, se siamo buoni. Guarderemo voi figli, da lassù."

Lei possedeva delle cusuzze che le davano felicità. Ogni tanto me le faceva vedere: una piuma di pavone spezzata con cui si solleticava la parte interna del braccio, leggermente, che le piaceva assai; un cristallo spizzicato a forma di bulbo, dono di una cliente "fina", che quando era pulito e messo controluce mandava barbagli e si divideva in tutti i colori del mondo; una pezza di lana sofficissima, regalo della sarta che l'aveva 'nsignata, che passandoci sopra la mano dava i brividi sulla pelle; e un paio di forbicine niche niche, parte del corredo di una bambola di nobili, che tagliavano meglio di tutte le altre. Le chiedevo come le aveva avute, quelle forbicine, ma lei ogni volta arrossiva e non diceva nulla.

Anch'io mi raccoglievo le mie cose segrete. E i pensieri. La mia prima felicità fu il disegno, dapprima con il dito sulla polvere che si posava a mezzogiorno sul pavimento scopato e lavato da mia madre, sui vetri delle finestre e sui cassettoni della cucina; poi sui coppi di carta gialla della spesa, allisciata con il ferro da stiro, adoperando gli scarti della tavoletta di gesso con cui mia madre tratteggiava la sagoma delle clienti sulla stoffa, prima di farsi il segno della croce due volte e tagliarla; e infine, verso i quattro anni, con mozziconi di matita. Quando compii cinque anni mio fratello Gaetano mi regalò un suo vecchio quaderno che aveva delle pagine pulite e una matita. Era una gioia disegnare sulla carta bianca. Riempivo pagine di lettere e di numeri, identici, che formavano disegni e figure, secondo la disposizione e la distanza uno dall'altro. Un lavoro certosino, di cui non mi stancavo mai. Andavo incontro alla calligrafia, senza saperlo.

Non ho mai smesso di essere felice, quando disegnavo.

18.

Giustizia fu fatta

Lunedì 21 maggio, tarda mattinata
(Mara)

Il dottor Gurriero aveva inarcato un sopracciglio sentendo che saremmo rimasti a Pedrara, ma non fece commenti; si passò la mano sul mento e chiese a Giulia dove fosse Pasquale. Era andato a fare una passeggiata e aveva dimenticato il telefonino a casa, rispose lei, non c'era modo di avvertirlo. Il medico le parlò a lungo, voleva sapere delle creazioni artistiche di Pasquale, e la scrutava. Pensai che probabilmente aveva intuito un malessere in lei. Pietro era preoccupato. Raccontava a Luigi che la giunta comunale aveva investito denari del Comune di Pezzino in una società finanziaria con base a Francoforte, le cui quotazioni di Borsa ora erano in calo. Io accompagnai la signora Gurriero e Mariella dalla zia, ma ritornammo presto: la zia dormiva.

Mariella era tutta un chiacchierio sui pettegolezzi di Pezzino di cui lei si definiva, senza alcuna ironia, "la first lady". Il paese era in subbuglio per i preparativi dell'Estate pezzinese, gli spettacoli che il Comune, l'Ente del turismo e la Provincia allestivano ogni anno per turisti e residenti. Un pezzinese che aveva fatto fortuna in Argentina era tornato in paese per la prima volta dopo sessant'anni esatti: voleva istituire un premio musicale a nome del padre. Si discuteva se indire un concorso di ballo – Pezzino aveva ben due scuole e i pezzinesi avevano vinto molti campionati nell'isola – o uno di chitarra, o scegliere il solo tema del tango. Gli assessori e la popolazione erano divisi sulla scelta. Mariella, appassionata ballerina, avrebbe preferito una gara di ballo generica, per accontentare tutti. "Ma ci sono dei punti interrogativi su questo mecenate," raccontava, con il tono di chi la sa lunga. "Suo padre, un vedovo, è morto una quarantina d'anni fa in circostanze strane: fu ucciso da sconosciuti che non rubarono niente, lo lasciarono morire con denari in tasca!" Il figlio, già miliardario ai tempi della morte, nonostante avesse pagato per le esequie e per la tomba non era andato al funerale, e tantomeno per la messa del trigesimo. "Si dice che aveva problemi con la giustizia argentina! Che c'era un mandato di cattura e non poteva partire. E che era ricercato dalla polizia italiana!" Mariella sospirò: "Però avrebbe dovuto mandare qui moglie e figli: nessuno di loro si degnò di presenziare alle esequie di quel disgraziato!". E continuò la sua storia: il mese scorso quel tale era arrivato a Pezzino, da solo, e aveva causato subbuglio. Frequentava i caffè e i pub del paese, chiedeva colloqui con il sindaco e con gli assessori e faceva, troppo tardi, troppe domande. Voleva conto e ragione da Pietro e dal capitano dei carabinieri, "e magari dai magistrati", dei motivi per cui i presunti autori dell'omicidio del padre non erano stati arrestati e della decisione di non fare un processo vero e proprio. Dopo più di quarant'anni! "Tanto, giustizia fu fatta," concluse Mariella.

"Non capisco," diceva Giulia, che si era avvicinata a noi, "spiegati."

"Quei malviventi si ammazzarono tra di loro, durante il Festival hippy nella cava di Pantalica. I giornali attribuirono gli omicidi al 'mostro di Pezzino', sempre per prendersela con noi, ma erano persone di fuori che si uccisero tra loro, fu un regolamento dei conti, durante il festival..."

"Che vuole allora, questo argentino?" chiesi io, e guardai Pietro, che pur ascoltando Luigi aveva tenuto d'occhio Mariella tutto il tempo e non perdeva una parola. Lui ricambiò lo sguardo di sfuggita e alzò le spalle; poi ritornò a parlare con Luigi.

"Dice che il responsabile è ancora tra noi, vivo e vegeto. Non fu eliminato, e vive sotto falsa identità. Se qualcuno lo trova e lo consegna alla giustizia, si vocifera che quest'argentino regalerà un milione di euro all'ospedale..."

E Mariella si impappinò: il marito le aveva messo la mano sulla spalla: "Mariella, fatti coraggio e fai a Mara quella domanda sulle scarpe di Corsini!".

Tutta rossa, lei raccontò di aver acquistato per l'inaugurazione della biblioteca comunale dei sandali Corsini, carissimi; erano allacciati alla caviglia, con listini di camoscio rossi e verdi. I piedi di Mariella sudavano e i sandali avevano stinto lasciandole sulla pelle segni rossi e verdi tali e quali a un tatuaggio. Aveva tentato inutilmente di toglierli da sola, poi aveva chiesto aiuto alla pedicure e infine a un dermatologo. Nessuno dei tre c'era riuscito. Per tre settimane era stata costretta a calzare quei sandali ogni volta che usciva di casa, e a comprarsi abiti attonati per le cerimonie, "da first lady!" ammiccò. Finché le macchie erano sbiadite da sole. Pietro intervenne nuovamente: era il momento di andare e lui voleva sapere da me se valeva la pena promuovere un'azione legale contro la Corsini – per le spese sostenute e l'imbarazzo causato alla moglie – e se avevo sentito di altre clienti che avevano avuto un'esperienza simile.

Promisi che mi sarei informata.

Il notaio Pulvirenti ci raggiunse poco dopo che suo figlio Pietro e i Gurriero se n'erano andati. Non l'avevo sentito arrivare. La sua era una visita professionale, andò subito al sodo: "Ragazzi, volevo dirvi soltanto due cose," iniziò. "Numero uno," e si strinse la punta del pollice tra le dita, "la situazio-

117

ne finanziaria delle aziende agricole è grave dappertutto, e qui in particolare. Dal punto di vista legale i gestori delle sei serre, di cui vostra madre si rifiutò di siglare il contratto di affitto più di vent'anni fa per prendersi i denari in nero, potrebbero ottenere il trasferimento del bene – e non soltanto delle serre, ma anche del terreno circostante – per usucapione. Una causa durerebbe decenni e costerebbe un patrimonio; una pietra al collo di tutti voi, perché Pedrara sarebbe invendibile." Riprese fiato e passò al dito indice: "Numero due: vi consiglio di cercare di vendere la tenuta ai gestori o ad altri, immediatamente. Un eventuale acquirente esterno dovrebbe mettersi d'accordo con i gestori, e questo inciderà sul prezzo. Prima decidete, meglio è".

Abbassò le braccia e unì le palme delle mani, scuotendole: bisognava darsi da fare. E ci guardava, a uno a uno.

Luigi voleva sapere se avremmo trovato acquirenti con una certa rapidità. Il notaio si passò la mano sulla fronte, pensieroso. Poi disse: "Potrei trovare un consorzio disposto a un investimento del genere".

"I fratelli di Bede potrebbero rivendicare l'usucapione?" chiese Giulia.

"No, no, quelli sono puvirazzi, sono solo impiegati. Obbediscono agli ordini dei gestori," rispose il notaio. E si rivolse a me: "Mara, tu non hai domande?".

"No, accetto quello che dice lei."

La mia fiducia lo rassicurò: "Se mettete tutto nelle mie mani, con tanto di carta scritta, spero di tornare da voi entro un mese con delle proposte. Non posso promettere niente, sia chiaro! Ma lo sapete che farò di tutto per voi, vi considero come figli...". Poi, a voce bassa: "Sia chiaro, però, che la vostra presenza a Pedrara allontana gli acquirenti. Mi è stato detto che voi due," e puntò il dito verso Luigi e me, "rimarrete qualche giorno in più perché oggi arrivano i vostri figli, per vedere la nonna. Vi consiglio di andarvene tutti".

Giulia trasecolò. "Non me lo avevate detto!" esclamò rivolta a noi.

"L'ho saputo io stesso poco fa," fece Luigi, "è stata una decisione d'impulso dei ragazzi."

"Pasquale e io rimarremo per badare a mamma," disse Giulia, la voce ferma.

Il notaio le calò uno sguardo duro. "Se volete vendere, voi due dovreste andarvene come gli altri, e presto." Quindi si rivolse a tutti noi: "Bede baderà a vostra madre. Ha in comodato la casa del custode, e vi è devoto. Non preoccupatevi di lui, sa badare agli affari suoi e per rispetto alla vostra famiglia non chiederà nulla. Accettatelo, e non alienatevelo con il vostro comportamento". Poi, di nuovo a Giulia: "Dillo al tuo compagno: prima se ne va, meglio è – per lui in particolare, e per tutti gli altri. Il dottor Gurriero," concluse, "è già stato chiaro in proposito".

Impallidii.

19.

La tagliola

Lunedì 21 maggio, a pranzo e nel pomeriggio
(Mara)

Era l'una passata. Eravamo soli. Luigi fumava e passeggiava attorno al gazebo, in attesa che fosse pronto da mangiare. Poi buttò la sigaretta e continuò a camminare a testa bassa, le mani dietro la schiena. Il ciuffo gli pendeva come il becco di un uccello. Pasquale non era tornato e Giulia sembrava sperduta. La spiavo per capire se avesse male. Doveva sentirne. Com'era possibile il contrario? Non sapeva decidere cosa preparare per il pranzo, ma non voleva che io andassi in cucina da sola. Alla fine vi andammo insieme e organizzammo un piatto di formaggi e una grande insalata di pomodori. Stesi la tovaglia con l'aiuto di Luigi e apparecchiammo insieme, mentre Giulia portava i formaggi e l'insalata. Stavamo per sederci, quando Luigi guardò perplesso il posto vuoto di Pasquale. "Dov'è?"

"Lo aspettavo per l'una. Sta cercando una vena migliore di argilla," spiegò lei, "è in ritardo..."

"Ci rimarrà male quando saprà che dovete andarvene anche voi due..." Luigi cercava di essere amichevole.

"Io e Pasquale non lasceremo Pedrara fino a quando non avremo scoperto il nascondiglio dei gioielli!" ruggì Giulia.

Luigi le puntò contro l'indice: "Vuoi essere tu, la prima Carpinteri a morire! E sai come? Ammazzata da quel mostro del tuo 'compagno'! Facci vedere i lividi!".

Giulia indietreggiò e finì con la schiena contro la parete.

"Togliti questa camicetta e facci vedere cosa ti ha fatto, quell'animale!"

Proprio in quel momento, in fondo al viale del glicine spuntò Pasquale: saltellava su una gamba, sostenuto da Gaetano Lo Mondo. Il pantalone dell'altra gamba era macchiato di sangue fresco: attorno al polpaccio premevano i denti di una tagliola. Nonostante il dolore, Pasquale ci raggiunse e inchiodò certi occhi di fuoco su Giulia che era ancora lì, contro la parete. Lei ricambiò con uno sguardo spento e scoppiò a piangere. Poi corse in casa.

Pasquale si era infilato in una grotta non lontano dalla serra dove il giorno prima era andato a chiedere le fragole ed era finito dentro una tagliola. Non era riuscito a liberarsi, così aveva chiamato aiuto ed era accorso proprio Gaetano.

"Presto, bisogna portarlo al pronto soccorso," disse questi rivolto a Luigi, "venga con noi." E i tre uomini se ne andarono.

Giulia vagava dalla sala da pranzo all'anticucina e poi alla cucina, e di nuovo a ritroso anticucina, sala da pranzo, anticucina, cucina. Muta. Io la seguivo e le spiegavo cosa era successo a Pasquale, ma era come se non mi sentisse. Continuai a seguirla nel suo circuito chiuso e intanto mi guardavo intorno. Non ero mai entrata nell'anticucina e nella sala da pranzo; e in cucina non ero mai sola, c'era sempre lei o Pasquale, come se volessero controllarmi. Nei tre mesi passati a Pedrara, avevano trasformato quelle stanze in un deposito: tronchi d'albero, radici, fogliame, bacche, spine e frutta secca, pietre, ciottoli, parti di attrezzi abbandonati nei campi, perfino un alveare, che Pasquale aveva raccattato nelle sue passeggiate. Nell'anticucina, libri presi dagli scaffali dello studio di mio padre erano accatastati accanto a tre cesti traboccanti uno di roba sporca, l'altro di roba che sembrava lavata e da stirare e il terzo di una marea di scarpe. Poco più in là, su un foglio di giornale, le ciotole del gatto.

Vivevano in uno squallore assoluto. Come la loro vita. Eravamo nella sala da pranzo, in cui dormivano; le lagrime scorrevano sul viso di Giulia. Riconobbi la "sua" mattonella, all'angolo del riquadro centrale. "Vi ho visto," mormorai indicandola col dito, "dal buco della serratura." Lo sguardo di mia sorella vagava dal mio volto al mio dito, alla "sua" mattonella, e di nuovo al mio volto. Poi si gettò sul letto. Tra i singhiozzi protestava di amarlo, e che anche Pasquale l'amava. Lo ripeté molte volte. "Mi ama!" E quando trovò spazio dentro il suo disordine, e forse dentro la rabbia della vergogna, trovò anche altre parole. Disse che era stato abusato da ambedue i genitori e non voleva altri figli perché temeva di ripetere i loro errori: aveva una natura buona, amava il bello. "Sai perché mi ha fatto abortire tante volte? Aveva paura di essere un cattivo padre! Come è successo con quello nato quando lui aveva appena vent'anni e che ora è in comunità." Giulia spiegava che a volte Pasquale non riusciva a trattenersi dal picchiarla, ma poi se ne pentiva amaramente. "Ha tentato di suicidarsi!" Adesso stava migliorando. E lei lo amava come non aveva mai amato nessuno. "Perdonalo anche tu," mi implorò, "abbi compassione di lui." E poi: "Se cerchi di separarci mi ammazzo. Ho soltanto lui!".

Le credevo: a Roma, Pasquale l'aveva allontanata sistematicamente da tutte le sue amicizie; e la sua influenza su di lei era cresciuta ancora, nei mesi di isolamento a Pedrara. Giulia, legatissima alla zia, era e si sentiva sola. Emotivamente dipendeva da lui. Promisi di accettare il loro rapporto a una condizione: lei non gli avrebbe più permesso di essere violento. Se mi fossi accorta che lui la picchiava ancora, lo avrei denunciato alla polizia. Era un patto, e come quando eravamo bambine lo suggellammo con un: "Parola d'onore".

Giulia mi permise di palparle i bernoccoli sotto i capelli ricci. La persuasi a prendere un calmante e a farmi vedere il resto: lividi, ematomi, abrasioni, ferite. Era il corpo di mia sorella. Un corpo che conoscevo ma che ora dichiarava una sua estraneità. Quello scempio mi spaventava, ma il suo "Mi ama" smorzava lo scatto del mio sentimento. Dove abbiamo giocato? Come ci siamo fatte male? Hai corso? Chi ti ha conciata così? Non eravamo più bambine. Esplorai con le dita, timorosa di farle male, e la mia esplorazione era scandita dai suoi "mi ama". Ciechi e morbosi.

Disinfettai le ferite di Giulia e spalmai la pomata sulle contusioni. Poi lei, finalmente esausta, si assopì. Rimasi a guardarla sgomenta. Che altro avrei potuto fare per aiutarla? E meccanicamente mi misi a scattare con l'iPhone fotografie del suo corpo maltrattato.

Non avevo nessuna voglia di ricominciare a cercare i gioielli di nonna Mara e andai a prendere una boccata d'aria accanto al gazebo. Lì c'era un gioco d'acqua che mi piaceva molto: fiancheggiata da vasi di lavanda, una vasca di marmo rettangolare stretta e bassa era divisa in due canalette che nascevano da una conca di marmo con un alto zampillo, in stile moresco. Un'estate, Giulia e io avevamo ricevuto in regalo due motoscafi che andavano a pile – una novità per quei tempi. In quel periodo Giulia, gelosissima di Luigi neonato, non si staccava dalla zia ed era mio padre che si divertiva a gareggiare con me. Si toglieva il panama, la giacca di lino e i mocassini. Ci rimboccavamo i pantaloni e, a piedi nudi, entravamo nelle canalette, seguendo e incoraggiando i nostri minuscoli natanti, ognuno nella sua corsia. Papà giocava come un bambino: "Via!", "Corri!", "Sorpassala!". Quel giorno il suo motoscafo stava per raggiungere il traguardo, alla conca circolare lui era pronto a prenderlo prima che battesse contro il marmo. E così aveva fatto, ma troppo tardi: lo spruzzo della fontanella gli era arrivato in testa. "Papà, come sei conciato!" Ero scoppiata a ridere. I suoi bei capelli dorati, solitamente tenuti in ordine dalla brillantina, adesso gli cadevano dietro le orecchie in due ciocche bagnate, rivelando la calvizie accuratamente celata. "Hai la testa pelata come quella dei monaci!" Poi mi ero zittita, aspettando l'inevitabile rimprovero. Invece lui aveva riso con me. "Monaco non è, tuo padre, Mara, ricordatelo. Sta invecchiando, ma non tanto da non riuscire a batterti al gioco." E mi diede il primo e unico bacio al di fuori di quelli rituali, obbligati. Lo amai. Mi sembrò ancora più bello, ora che sapevo.

Sapere, conoscere, condividere, questo mancava a tutti noi.

20.

Arrivano Viola e Thomas

Lunedì 21 maggio, pomeriggio
(Mara)

Una serie di sms mi avevano anticipato l'arrivo di Viola e Thomas dal momento in cui erano atterrati a Catania. Oltre alla cronaca del viaggio – *Lasciamo ora l'autostrada*; *Che paese è Carlentini?*; *Mancano 65 km*; *Urrah, stiamo scendendo verso Pedrara!* –, Viola mi mandava informazioni in formato Twitter – *Finito di mangiare panino con salame e ricotta*; *Fa caldo e mi sono tolta il giubbotto*; *Thomas pensa di essere celiaco*.

Giulia e io avevamo organizzato la cena – pasta al pomodoro e insalata di tonno e lattuga – e pianificato i posti letto: Viola avrebbe diviso il mio lettone; Thomas avrebbe dormito nella stanza accanto a quella del padre. Finalmente sola, passai a vedere la zia.

La trovai sveglia, appoggiata ai cuscini. La radio suonava l'*Après-midi d'un faune* di Debussy. Lo sguardo vago di zia Anna scivolava sulla stanza e poi si posava su Bede, seduto accanto a lei. Lui si dava da fare con il BlackBerry e di tanto in tanto la guardava; il blu scuro del camicione di lino metteva in risalto il nero corvino dei capelli. Bede sembrò sorpreso dalla mia irruzione e tuttavia, impeccabile, mi venne incontro per accompagnarmi e offrirmi il suo posto. Mentre ci avvicinavamo al letto della zia, mi parlò accorato: "Mara, state attenti a non rompere certi equilibri. Sono precari e potrebbe crollare tutto, per voi. Non porti troppe domande e fidati di me: tua zia sarà ben accudita. Andatevene presto. Prestissimo. Entro domani". Stavo per dirgli di smettere di darmi ordini, ma la zia me lo impedì. Aveva sollevato la testa, e ascoltava. "Lascia... lasciateci... pre-pre... sto..." e tese la mano a Bede. Lui la prese tra le sue e rimasero così, mano nella mano, come una coppia di innamorati, gli occhi di entrambi fissi su di me, respingenti.

Rimasi in piedi, non voluta. Poi abbassai lo sguardo sui flaconi delle medicine e notai che le etichette con la posologia scritta a mano dal dottor Gurriero coprivano i nomi dei farmaci. Me ne andai con un "A più tardi, i ragazzi arriveranno tra un'ora", ma sulla porta mi girai. Bede stava dando alla zia un cucchiaio di sciroppo e lei lo beveva come se fosse un elisir, la mano ferma sul polso di lui, gli occhi dritti nei suoi.

L'automobile a noleggio si era fermata davanti alla villa. I ragazzi erano scesi e si guardavano attorno, come se cercassero di ricordare la Pedrara che avevano visto per pochi giorni soltanto, anni prima, quando Giulia vi aveva festeggiato i suoi quarant'anni. La rotonda in cui moriva il viale era delimitata da un'alta siepe di mirto con varchi per i viali del giardino. Al centro della rotonda, un fico allargava, a cupola, i rami nodosi. I vasi lungo il muro di cinta straripavano di acanto fiorito.

Thomas si stiracchiava. Nel modo in cui si muoveva e si guardava intorno c'era qualcosa di vulnerabile e di immaturo che lo faceva sembrare più giovane dei suoi diciannove anni. Anche Viola, la mia Viola, sembrava sperduta: più alta e di un anno maggiore del cugino, portamento distinto, grandi occhi blu, volto latteo incorniciato da un'aureola di capelli ramati che le cadevano sulle spalle, avrebbe dovuto essere una giovane donna nel fiore della gioventù e sicura di sé. Invece, non si piaceva. Mi stringeva il cuore vederla nascondere il proprio corpo in pantaloni amplissimi e in una sahariana con le maniche lunghe. Li portai in casa e offrii loro un tè freddo, mentre aspettavamo l'arrivo degli altri due.

Pasquale aveva cambiato le carte in tavola; era tornato da vincitore: al pronto soccorso aveva rifiutato il suggerimento dei medici di farsi ricucire sotto anestesia e di passare una notte in ospedale; con grande coraggio, non aveva fiatato mentre il dottore lo cuciva da sveglio. Era rientrato zoppicando con una sorta di fiera noncuranza, come se esibisse le proprie ferite di guerra. Adesso, servito da Giulia tutta piena di carezze, e con la gamba appoggiata su un cuscino, raccontava ai ragazzi – da padrone di casa – le avventure degli ultimi mesi a Pedrara. I due giovani lo ascoltavano affascinati. Pasquale finì con l'incoraggiarli a unirsi a lui e a Giulia nella ricerca del tesoro di nonna Mara. Io e Luigi era come se fossimo stati messi al bando. Desiderai fortissimamente tornare al mio terrazzino di gerani e di zinnie, a Milano.

Era l'imbrunire. Bevevamo un passito freddo in giardino. C'era già la luna, pallidissima. Faceva caldo. Viola e Thomas camminavano per i viali, tenendosi per mano, leggeri e diafani come folletti sperduti. Sentii, di nuovo, i canti del Mali. In alto, vedevo luci nelle tombe a grappolo. Erano lampadine; alcune, le più forti, erano sempre accese; altre apparivano e scomparivano come se qualcuno camminasse tra le tombe. Le indicai agli altri.

"Sono lucciole," mi contraddisse subito Giulia.

Si schierava ancora una volta con Pasquale. Luigi osservò attento la parete della cava e poi convenne con lei: lucciole. Guardammo tutti Pasquale. Anche lui confermò. Lucciole.

Gustavamo il passito di Pantelleria. Io rimasi a guardare

le luci, si spostavano di qua e di là. Non erano lucciole. Erano persone, e camminavano nelle grotte.

Tutto a un tratto serio, Pasquale parlò, con una certa riluttanza che sembrava sincera. Doveva rivelarci un'esperienza di cui non aveva parlato a nessuno – "semmai mi succedesse qualcosa," aggiunse con un ampio gesto del braccio. Una mattina si era alzato all'alba e aveva fatto una passeggiata, prima di prendere l'acqua alla cisterna. Si era diretto verso il boschetto inselvatichito tra il giardino e la parete nord. Aveva scoperto un sentiero largo, in terra battuta, bloccato da un vecchio rimorchio carico di legna e semiabbandonato. Vi si era arrampicato e dall'altro lato aveva visto una strada vera e propria, adatta ai mezzi pesanti, che sembrava nuova: era asfaltata, ma qualcuno l'aveva camuffata con uno strato di terriccio rosso. La strada portava a uno slargo, che finiva contro la parete di roccia.

"Concentriamoci sui dati di fatto, sul rimorchio e su una strada che non porta in nessun posto, e non su 'lucciole', vere o no." E Pasquale tracannò il liquido ambrato. Poi porse il bicchiere a Giulia, che glielo riempì di nuovo, e lo sollevò in un brindisi: "Alle lucciole di Pedrara!". Gli altri lo imitarono.

Erano andati tutti a letto. Viola, sudata, dormiva in posizione fetale. Non mi calava il sonno, e per non svegliarla passeggiavo per casa. Passai davanti alla stanza della zia. Bede cercava qualcosa nell'armadio; lo vedevo di lato, con i capelli sciolti e il bel profilo maschio. Si muoveva come la zia, spalle dritte, anche morbide, gesti misurati. Sembrava suo figlio.

Pensai a me e Viola. Madre e figlia unica, avevamo paura di farci male, da sempre. Avevo vissuto la maternità cercando di chiedere scusa a Viola per essere quella che ero, una donna incapace, non all'altezza di lei e del ruolo di madre. Avevo provato spesso a parlarle con il cuore e non ci ero mai riuscita. Tutte le volte che prendevo la penna in mano la pagina restava bianca. E poi finivo con il disegnare un mocassino.

Tornai in camera da letto e cercai di addormentarmi accanto al mucchietto di ossa che era diventata mia figlia.

21.

L'amore dei ragazzi

Lunedì 21 maggio, sera
(Bede)

Io mi struggo come alla vampa
Si disfa cera d'api quando guardo
Fresca giovinezza di corpi di ragazzi.

PINDARO, Fr. 123, Snell

Anna, tu lo sapevi che io avevo bisogno anche dell'amore dei ragazzi. Lo accettavi, perché eri il mio vero grande amore.

Mi ero infatuato di Thomas, ancora prima di vederlo. Nel momento in cui mi fu detto che sarebbe venuto a Pedrara, divenni prigioniero del presentimento che ci saremmo amati e che io gli avrei fatto il dono di insegnargli ad amare come avevano fatto con me prima il professor Mendolia e poi suo nonno – un'introduzione all'amore senza sensi di colpa, e senza far male a nessuno.

Avevo seguito il suo arrivo sbirciando attraverso le stecche delle persiane, per assaporarlo non visto. Lui era sceso dall'automobile dopo la figlia di Mara, una ragazzina pietosa ed emaciata; stiracchiava gambe e braccia e si guardava intorno, curioso. Identico a Tommaso da giovane, come lo avevo visto nelle vecchie fotografie. Stesso ciuffo sulla fronte, stesso incedere dondolante, stesse mani nodose. Mara, abbracciata a Viola, gli diceva che il padre non era lì ad accoglierlo e io notai lo sguardo insicuro, la smorfia impercettibile e la stretta delle labbra quando, deluso, ebbe un attimo di esitazione prima di fare il primo passo dentro la villa. Allora, sentii un vuoto allo stomaco.

Mi invaghii di Thomas come mi ero invaghito di suo nonno: da lontano. Mio padre e io avevamo fatto tre ore abbondanti di viaggio, cambiando due volte corriera; le fermate erano frequenti, talvolta a richiesta. Mio padre discusse a lungo con il conducente sulla fermata più vicina a Pedrara – fu così che appresi il nome della nostra destinazione – e su come poi raggiungerla a piedi. Alla fine scendemmo al bivio per il bosco di San Pietro, in mezzo alla campagna. Camminavamo uno accanto all'altro, schiacciati e ammutoliti da quello che era accaduto. Ogni tanto mio padre apriva la borraccia; mi dava da bere e poi mi passava un tozzo di pane. Nella discesa verso Pedrara lui, che aveva il passo incerto, incespicò più volte; mi chiese di tenerlo per mano e andare avanti. Io, sedicenne e figlio "riverso", gli facevo da guida e lo proteggevo. Era tardo pomeriggio quando raggiungemmo il cancello di ferro del giardino. Ci trovammo puntati come banditi dai guardiani della villa, fucile in spalla e cani abbaianti. Aspettammo, mentre uno andava a parlare con il padrone, il console Carpinteri. Poi fummo scortati fino all'ingresso della villa. Mai avevo visto un giardino e un edificio più grandiosi. Ero intimidito.

Qualcuno da dentro aprì la porta d'ingresso. Rimanemmo fermi, non sapendo cosa fare. "Trasìti!" disse uno dei guardiani. Mio padre fece due passi nel vestibolo e poi si fermò. Mi indicava con il braccio teso il balcone del piano di sopra. Gambe incrociate e torso leggermente indietro, braccia appoggiate languidamente sulla ringhiera, Tommaso indossava una camicia di lino bianco, lunga come un vestito da donna, e pantaloni azzurri. I capelli biondi erano stati lisciati con la brillantina, ma era scappato un ciuffo che gli cadeva sulla fronte dandogli un'incongrua aria da ragazzino. Ci osservava, maldisposto. Gli occhi chiari erano puntati su mio padre. Lo scrutava. Poi, finalmente: "Salvuzzo! Che ci fai qui?", e scese le scale di corsa per abbracciarlo. Parlavano fitto mentre io, non sapendo che fare, osservavo le mattonelle del pavimento; era a scacchi marroni e beige, con un motivo floreale.

Mi avvicinai al cenno di mio padre. Mi presentò al console e mi spiegò che sarei rimasto suo ospite camuffato da fimmina, come se fossi una persona di servizio, fino a quando sarebbe stato necessario, a giudizio del console. Avrei dovuto seguire lui e sua moglie ovunque mi avessero portato. Tommaso gli offrì di accompagnarlo in paese dalla Via Breve – proprio così disse –, a patto che lui si bendasse gli occhi per non vederla. "Signorsì!" rispose mio padre mettendosi goffamente sull'attenti. Risero, e nell'attesa dell'automobile si abbandonarono alle rimembranze dei tempi di guerra e della prigionia in India. Mi guardavo intorno. Tanta ricchezza nell'arredamento, tanto spazio vuoto, tanti disegni di fiori e di frutta sul lambrì, sui sopraporta, sulla carta da parati e perfino negli intagli delle porte e nella balaustra di legno dello scalone che portava al piano superiore. L'odore di cera fresca sui mobili mi inebriava. Sentii gli occhi di Tommaso cadere su di me, e lì restare. Ricambiai lo sguardo. Come due pari. Ci capimmo, lui e io: eravamo destinati.

Per il resto della serata mi ero tenuto in disparte. Avevo usato il passaggio interno e la scala della foresteria per andare e venire dalla camera di Anna, dove Nora le faceva compagnia. E risalii per la notte, quando i Carpinteri si erano ritirati nelle loro stanze.

"Bete, bene, bepe..." Poi, con uno sforzo: "Vieni... Bede". Anna mi chiamava. Mi sedetti accanto a lei.

Le stringevo forte le mani ossute; la osservavo e ascoltavo i suoi balbettii incoerenti. Mi piangeva il cuore a vederla istupidita dalle medicine che avevo iniziato a somministrarle e la ricordavo allegra, curiosa, saggia, discreta, comprensiva, com'era stata fino all'anno precedente. La mia Anna che mi raggiungeva a Pedrara quando poteva. Essere insieme lì, da soli, era la nostra gioia. Certe volte mandavo una camionetta della tenuta a prenderla all'aeroporto di Catania, tanto arrivava carica di bagagli. Mi facevo trovare sul balcone della sala del piano di sopra – assumevo la posizione di Tommaso, la prima volta che l'avevo visto. Quando lei entrava in casa, si dirigeva verso la scala e si fermava sul primo scalino, la schiena arcuata contro il pilastro di legno scolpito, e si toccava leggermente il labbro con l'indice. Io volavo da lei: "La casa ti aspettava, Anna. E io pure".

Tu sola mi portavi la felicità. L'amore quotidiano, semplice, completo.

Io imparavo da lei, e lei da me. Avevamo gli stessi gusti, ridevamo delle stesse cose, leggevamo gli stessi libri, mangiavamo, cucinavamo. E lavoravamo insieme nel nostro adorato giardino.

Anche con lei, un destino.

22.

"Nelle mie notti incontrati di nascosto"

Martedì 22 maggio, mattina
(Bede)

Facevo toletta ad Anna: la lavavo con la spugna, l'asciugavo con i teli di fiandra, le spargevo il talco su spalle e petto con il piumino, le pettinavo i capelli e glieli appuntavo sulla nuca in uno chignon, le spalmavo la crema su collo e viso, poi le massaggiavo le braccia e le mani. Nel frattempo pensavo a Thomas. I massaggi piacevano molto ad Anna. Le risvegliavano i sensi e così riuscivamo ancora ad amarci come un tempo. Anna captava anche il risveglio dei miei sensi – pulsavo, tanto insicuro quanto era certo il folle desiderio per Thomas.

"Chi vedi oggi?" mi chiese a bruciapelo.

Era cosciente: mi resi conto che durante la notte avevo dimenticato di darle la medicina.

"Nessuno di nuovo. Ieri sono arrivati Viola e Thomas."

"Ah, i bambini... cresciuti!" E si sciolse in un sorriso. Poi, facendosi seria: "Thomas è fragile... attento".

"Per noi due è tutto come sempre," mormoravo, e le massaggiavo il mignolo.

"Nuddu ammiscatu cu nenti..." ripeté lei, e ci guardammo. Poi la lasciai a Pina e me ne andai a casa per la mia toletta.

Avevo scelto con cura il mio abbigliamento per il primo incontro con Thomas: camicia lunga e bianca, pantaloni azzurri, simili a quelli di Tommaso la prima volta che ci vedemmo. E lavanda Atkinsons su collo e capelli.

I Carpinteri erano a tavola, in veranda, alle prese con la prima colazione. Attraversai il giardino diretto verso di loro; notai che un tralcio di convolvolo sfuggito al controllo del giardiniere era fiorito tutto a un tratto e pendeva sulla tavola, frammisto al gelsomino. Il blu cobalto delle campanule contrastava con il bianco dei gelsomini. Bellissimo. Eppure, mi diede un presentimento ferale; lo scansai. Avevo pianificato ogni cosa in dettaglio. Thomas e io eravamo estranei, e io mi sarei comportato come tale. Avrei inizialmente trattato i due cugini allo stesso modo: ammaliandoli con i cunti sul loro nonno e su Pedrara. Poi, noi tre soltanto avremmo fatto un giro del giardino; lì avrei trovato l'opportunità di rivolgermi a lui direttamente, escludendo Viola.

Avvenne come previsto; al momento di portare i giovani in giardino notai un certo disagio in Luigi; lo esortai ad accodarsi a noi tre. Dopo una breve esitazione rifiutò. Camminavamo per i viali ombrosi e spiegavo ai ragazzi che nella villa il loro nonno aveva cambiato soltanto l'arredamento dello studio e della camera da letto grande, lasciando il resto tale e quale. Invece, aveva trasformato totalmente il giardino, ispirandosi all'Alhambra di Granada. Aveva speso somme ingenti per gli imponenti impianti idraulici, celati alla vista: le acque del fiume e delle sorgenti che abbondavano nella cava erano state convogliate e costrette in due torri dell'acqua da cui scendevano canalette che formavano cascate e polle, scorrevano da vasche, conche e piscine basse, gorgogliavano su ripiani e canali aperti, zampillavano con getti sottili e perfino a disegni geometrici. Nel belvedere, l'acqua scendeva da un concavo piatto circolare lungo una canalina stretta fino a raggiungere una conca centrale in cui convergevano altre tre canaline identiche. Semplicissimo e superlativamente elegante.

Thomas aveva studiato spagnolo alla scuola internazionale di Bruxelles e aveva trascorso due mesi di studio a Granada.

"La patria di Federico García Lorca," puntualizzò.

"E del più bel giardino del mondo," gli feci eco io. E raccontai loro che il nonno aveva arricchito il giardino della villa con colture miste, come gli arabi nel Generalife: unificando orto e giardino, in un trionfo di sfumature di gusti, odori e colori. "La regola è che ciascuna pianta matura debba reggersi da sola e che gli steli dei fiori non abbiano alcun sostegno."

Se non ne era capace, la pianta sarebbe stata incoraggiata ad appoggiare tralci e infiorescenze su colonnine, muretti o semplici pietre, o a lasciarli strisciare sul terreno o cadere penduli dall'alto. Indicavo ai ragazzi i viali con tettoie formate dai rami intrecciati di oleandri maturi, vere gallerie d'ombra, che si reggevano da sole sui forti tronchi; il glicine e il gelsomino che sulle mura creavano un saldo e spesso reticolato su cui si arrampicavano le zucchine dai ghiotti fiori gialli e altre piante, in simbiosi ardite e talvolta anomale. Mostravo nelle aiuole la felice coabitazione di basilico e zinnie, peperoni e gladioli, menta e peonie.

Viola era entrata in un'aiuola delimitata da una bassa siepe di bosso. "Vieni, Thomas!" E gli mostrava i cespugli di rose bianche che spiccavano alte tra i fiori, altrettanto rigogliosi, di peperoncino rosso e melanzane. Queste ultime avevano foglie molto scure e fiori delicati: i cinque petali puntuti, di un viola sbiadito e leggerissimi, erano disposti attorno a pistilli giallo brillante e sembravano di carta. In basso, nel folto fogliame, pendevano piccoli frutti viola scuro e tondeggianti, ancora acerbi.

"È come se questo giardino si fosse ribellato a tutte le norme del giardinaggio," diceva Viola.

"La natura è impazzita," commentava il cugino.

"Già, contro natura..." Viola raccolse una melanzana di un viola intenso e la mise accanto a un'altra di una varietà diversa e altrettanto piccola, ma biancastra e con una stella scura in corrispondenza del picciolo.

"Che significa 'contro natura', in fondo?" chiese Thomas, e mi guardò.

"Lo decidono gli uomini per mantenere il potere e il controllo sugli altri uomini, ma nulla è contro natura, se avviene nella natura, nel mondo minerale, vegetale o animale," risposi io. "Lo sosteneva vostro nonno – purché non si faccia del male agli altri e si proteggano i deboli."

I cugini mi seguivano tenendosi per mano; ogni volta che rallentavo il passo rallentavano anche loro. Pian piano riuscii a controllare il movimento dei loro occhi. Morivo dal desiderio di avere tutta l'attenzione di Thomas, ma lui non si staccava da Viola, le loro dita rimanevano intrecciate. Salii a lunghi passi sul belvedere, lasciandoli indietro. Da lì, oltre le serre si vedevano a fondo valle i verdi meandri del Pedrara, che poi si infossavano in una gola sotterranea.

Li aspettavo appoggiato alla ringhiera. Viola si allontanò, cercava di prendere una farfalla. Mi venne naturale recitare dei versi di Kavafis:

> *Linee del corpo. Labbra rosse. Membra sensuali.*
> *Capelli come da statue greche presi:*
> *anche se spettinati sempre belli,*
> *caduti un po' sopra le fronti bianche.*
> *Volti d'amore, come li voleva*
> *la mia poesia... le notti della mia giovinezza,*
> *nelle mie notti incontrati di nascosto...*

Thomas ascoltava. Poi Viola ci raggiunse e riprendemmo a camminare. Non lasciavo mai cadere il discorso, e Thomas mi stava accanto. Viola ci seguiva, leggera. Io raccontavo a

Thomas degli sforzi del nonno per rendere produttiva la campagna, del suo amore per la bellezza e per l'arte, della sua spregiudicatezza nel perseguire quello che considerava giusto per lui, anche se controcorrente. Avevo fatto centro. Thomas e io ora ci guardavamo. Mi fermai in un altro angolo del belvedere da cui si vedeva bene la struttura della villa. Realizzata nel periodo fascista su un progetto fin-de-siècle, era addossata alla torre medioevale; facevo notare ai due ragazzi le sei serre costruite dal nonno e nascoste da una fila di cipressi per non deturpare il paesaggio, le necropoli scavate nella roccia, gli olivi secolari e la profusione di oleandri, dovunque, tutti dello stesso rosso.

"Si può salire sulla torre?" chiese Thomas.

"La terrazza tra i merli è agibile. I piani interni sono stati lasciati tali e quali. Ma è pericoloso avventurarcisi dentro. La scala esterna, a chiocciola, potrebbe sostenere una persona leggera. È retta quasi totalmente dal glicine, che insinuandosi nella struttura di metallo l'ha staccata dal muro e la sorregge con i propri appigli alle grate delle finestre. Ora è il glicine a tenere salda la scala, non più viceversa."

"Non fa per me, soffro di vertigini," dichiarò Viola.

Thomas la ignorò e continuò: "Vedo una tenda là sopra, cosa è?".

"Un padiglione, con una copertura in buone condizioni. Tuo nonno ci teneva sedie e tavoli e perfino dei divani. Gli piaceva rifugiarsi lassù, la sera, per bere e fumare. La vista è da levare il fiato."

Thomas si era scostato da Viola, e lei aveva attaccato la mano, lasciata andare dal cugino, alla tracolla della borsa. Avevo ottenuto quello che desideravo: l'attenzione di Thomas, tutta, a scapito di Viola. Li accompagnai alla villa parlando soltanto con lui. Ormai era mio. Raccontavo di quanto il nonno mi aveva aiutato ad Alessandria, del suo suggerimento di studiare calligrafia e poi la lingua araba, della gratitudine che mi legava a lui e dell'amicizia che si era instaurata tra noi nonostante i trentanove anni di differenza. E lo ripetei di nuovo, "trentanove anni", fino a quando Thomas non disse con un filo di voce: "Più o meno, la stessa che c'è tra noi due".

"Più o meno." E lasciai cadere la conversazione.

Passando davanti alla torre, Viola notò la cisterna. "Come mai è qui?" chiese. Le spiegai che era asservita alla torre, sotto la quale era inglobata per metà: in questa maniera, in caso di assedio gli abitanti avrebbero potuto attingere acqua servendosi di una botola. I ragazzi si sedettero sul coperchio a mezzaluna e cominciarono a chiacchierare fitto. Occhi negli occhi, con sorrisetti di complicità. Thomas mi aveva mollato, era tornato con Viola.

La gelosia mi mangiava vivo. Dalle viscere mi salivano i versi amari di Saffo, ma lingua e labbra non riuscivano a formare quelle parole dolenti.

> *Simile a un dio mi sembra quell'uomo*
> *che siede davanti a te, e da vicino*
> *ti ascolta mentre tu parli*
> *con dolcezza*
> *e con incanto sorridi. E questo*
> *fa sobbalzare il mio cuore nel petto.*
> *Se appena ti vedo, subito non posso*
> *più parlare:*
> *la lingua si spezza: un fuoco*
> *leggero sotto la pelle mi corre:*
> *nulla vedo con gli occhi e le orecchie*
> *mi rombano:*

un sudore freddo mi pervade: un tremore
tutta mi scuote: sono più verde
dell'erba; e poco lontana mi sento
dall'essere morta.
Ma tutto si può sopportare...

Sul coperchio della cisterna, il terribile gioco amoroso di due mantidi.

23.

Il confronto di Bede con i fratelli

Martedì 22 maggio, mattina – ore 10.00
(Bede)

Anna, tu lo sai che io sono sempre rifuggito dalla violenza anche quando mi era implorata.

Tornavo a casa esausto. Durante la camminata nel giardino con i nipoti di Anna, mi ero sentito mentore e quasi padre nei confronti di Thomas.

Notai da lontano, davanti alla porta di casa, un ramo di oleandro. Non era stato portato lì dal vento. E capii. Mi chiusi a chiave, per non essere disturbato. L'eccitazione per la conquista di Thomas era scomparsa, e così anche la pena sorda di dover sedare Anna togliendole quel poco di consapevolezza che le era rimasto. Pensieri incoerenti e ricordi slegati si inseguivano nella mia mente; poi scomparivano, e in quel vuoto, inesorabile, entrava la scena di domenica pomeriggio, nella macchia di oleandri.

La visione del giovane nero legato e gettato sulle foglie di oleandro era tornata a tormentarmi. I Numeri mi avevano incaricato di sorvegliare le passeggiate di Mara in aperta campagna. Quella domenica lei era uscita dal giardino e si era infilata nella boscaglia che lo separava dalla Via Breve. La seguivo da lontano, fingendo di essere intento in altre faccende; con il coltello della pota recidevo un ramo morto, sfoltivo una pianta. Mara era la prediletta di Anna, eppure di lei sapevo poco, mentre mi erano ben note le vicissitudini di Giulia e Pasquale. La vidi entrare in una macchia di oleandri; parlava con qualcuno, in francese. Ascoltavo. Era un "ospite" del Mali, che aveva ricevuto una punizione molto dura – legato mani e piedi, poi immerso negli escrementi – per aver disobbedito. Il principio di non interferenza nelle competenze di un altro Numero era fondamentale: non era "cosa" mia e lo accettavo. Quando Mara lo lasciò per tornare alla villa mi avvicinai. Era semplice curiosità. Il giovane era stato gettato su un giaciglio di oleandri freschi, tagliati allo scopo: al contatto con la pelle nuda, il veleno dell'oleandro gli sarebbe penetrato nel corpo causando vomito, dolori e poi la morte – una sevizia intollerabile. Senza nemmeno pensarci mi avvicinai da dietro, tagliai i legacci e scappai. "Merci, madame," disse lui. Quando fui lontano, guardai in alto. Ero sotto gli occhi dei guardiani appostati nelle tombe.

La sera stessa mi aveva telefonato Gaetano. "Vieni da me."
Gli risposi che dovevo fare la nottata da Anna.
"Non importa, vieni."
Con i loro guadagni i miei fratelli si erano costruiti, ai bordi del bosco di San Pietro, due villette molto confortevoli, identiche e con i giardini confinanti. Mi aspettavano da soli, davanti alla casa di Gaetano. Mi portarono in giardino, sotto i mandorli, per non farci sentire dagli altri.
"Che ci facisti al maliano?" Fu Giacomo, il fratello più mite e paziente, il padre di Nora e Pina, a interrogarmi.
Non volli rispondere.
Giacomo ripeté la domanda: "Che ci facisti al maliano?".

E sollevò le palpebre sdillabrate, come quelle di nostro padre. I suoi occhi dicevano tutto.

"Tu lo sai che mi fece quello, a me, l'altra mattina?" intervenne Gaetano, aggressivo.

Scossi la testa.

"Prima di liberare, uno dumanna!" E Gaetano raccontò dell'insubordinazione dell'africano, e della sua mancanza di rispetto a lui, il responsabile delle serre, davanti a tutti gli altri.

Ascoltavo.

Giacomo riprese a parlare. "Tu lo capisci che dobbiamo badare a centinaia di questi, farli mangiare, occuparli con il lavoro e poi mandarli dove devono andare, belli pasciuti e in buona salute?" Bisognava mantenere l'ordine, farsi rispettare, instillare l'obbedienza. "Non abbiamo guardie e nemmeno sorveglianti. Facciamo tutto da noi, in pochi. Siamo 'na manciata di mosche contro di loro. Potrebbero ammazzarci facilmente, senza bisogno di coltelli e pistole, con le mani solamente!"

"Abbiamo una sola arma per tenerli sotto controllo: la certezza della punizione a qualsiasi infrazione," disse freddamente Gaetano. "Ci vuole una punizione esemplare per l'infrazione peggiore: l'insubordinazione. La mancanza di rispetto. E quella punizione fu decisa dal Numero Uno!" Alzò la voce: "La paura, non l'uso della forza, mantiene l'ordine a Pedrara!".

Intervenne Giacomo: "'Stu maliano è uno ricco di casa sua, nel suo paese. Potrebbe diventare il capo di una rivolta, a Pedrara". Poi disse, a voce bassa: "E tutto per cacare quando ci piaci a loro". Sospirò. "Ribelle era. Può causarci danni enormi, farci finire tutti in galera. La punizione doveva essere esemplare."

"Così deve essere," approvò Gaetano.

"Esemplare," ripeté Giacomo. "Non c'è che fare." Mi guardò dritto negli occhi. "Ti hanno visto tagliargli i lacci."

"Perché punirlo così? Ci sono altri modi. E poi perché non cambiate il sistema di mandarli al cesso? È poca cosa." Finalmente avevo parlato.

"Non sono fatti tuoi, la tua opinione non conta!" mi aggredì Gaetano.

"Punito deve essere," ribadì Giacomo, e ancora: "La sera, quelli che lo avevano legato andarono a vedere la situazione. Non c'era. Chiesero ai neri di fiducia: e tutti dissero che eri stato tu a liberarlo".

"Che intendete fare?" chiesi ai fratelli.

"Lo chiediamo a te. Da che parte stai?"

Non risposi.

Gaetano parlò con una voce strana: "Lo capisci che se fai così finisci ammazzato?". Si passò una mano sulla fronte. Poi mi guardò. "Vatinni." Aveva gli occhi umidi. Mi diede le spalle e a passi lenti si allontanò. Camminava seguendo il filare di mandorli, come se stesse per fare una stima del raccolto. Le mandorle verdi, già formate e polpose, sotto gli ultimi raggi di sole lucevano come le olivette di Sant'Agata che si vendono nelle pasticcerie di Catania.

"Nessuno ti può salvare, lo capisci?" Giacomo piangeva. E così io. Rimanemmo in piedi, senza toccarci. Era loro dovere informarne il Numero Uno.

Per due notti, sdraiato ai piedi del letto di Anna, non avevo fatto che girarmi e rigirarmi. Mi preparavo per l'inevitabile: la convocazione a giudizio. Controllavo il BlackBerry: nessun messaggio. Escludevo che i miei fratelli non avessero parlato, perché al posto loro l'avrebbero fatto i neri passati dalla parte dei Numeri, quelli che mi avevano visto e che li avevano informati – non c'è nessuno più feroce di chi tradisce la propria gente. A quel punto noi tre saremmo stati processati e puniti. O forse i fratelli erano riusciti a persuadere gli altri Numeri a rimandare il giudizio? Mi appigliavo a questa tenue speranza.

Di tanto in tanto ti guardavo, Anna. Anche tu avevi il sonno agitato, smaniavi, tossivi, ti portavi le mani alla gola, come se non potessi inghiottire. Eravamo in sintonia, tu e io, anche se dormivi.

24.

La convocazione del Numero Uno

Martedì 22 maggio, mattina – ore 11.00
(Bede)

Stavo per andare da Anna a darle la medicina, quando arrivò la convocazione dal Muto: il Numero Uno mi aspettava. Il messaggio del ramo di oleandro era stato chiaro. Tornai indietro e mi diressi a passo veloce verso la Via Breve.

La motocicletta si arrampicava su per le curve buie come se avesse una memoria propria e le riconoscesse a una a una. All'uscita del tunnel scambiai il casco con la cappa e la maschera che il Muto mi offriva ed entrai nella sala delle riunioni.

Seduto al tavolo c'era il Numero Uno con il Numero Sette, Brighella, il committente libico. Un sospiro di sollievo: i fratelli non c'erano e dunque non avevano parlato.

"Il nostro comune amico qui presente vuole conferma che i dormitori per gli ospiti sono pronti." Il Numero Uno andava di fretta.

"Esatto, per duecento. Nelle grotte a corridoio, come se fosse un appartamento sotterraneo. Ognuno da cinque a otto stanze, quattro ospiti in ciascuna, con cesso comune nel vestibolo o in una grotta singola adiacente."

"Dove mangiano?" volle sapere il Numero Sette.

"Nelle tombe a grappolo. Quaranta commensali a turno, pranzi vegetariani, roba fresca e di qualità."

"Numero Tre, ribadisco che si tratta di ospiti diversi dagli altri, gente di una certa levatura, non sono puvirazzi," puntualizzò il Numero Uno.

Il Numero Sette calò la testa: "Pagano assai. Hai preparato le informazioni in arabo su quello che devono sapere?".

"Sì, e anche quelle sui laboratori sotterranei, con le indicazioni dei compiti per chi vuole lavorarci."

"Attenzione," intervenne il Numero Uno. "Carte e mappe devono essere lette e memorizzate e poi restituite al personale di servizio."

"Certo. Ma i sorveglianti dovrebbero metterle a disposizione di chi le chiede una seconda volta, per rinfrescarsi la memoria." Il tono del Numero Sette era quello di chi non avrebbe tollerato dissenso.

"Sarà fatto," rispose il Numero Uno. "Ci sono altre domande per il Numero Tre?"

Il Numero Sette tacque e lui premette il campanello sotto il tavolo.

Il Muto scortò il Numero Sette fuori dalla sala. Il Numero Uno era rimasto al suo posto: voleva dirmi altro. Si carezzava il mento.

"Sei in grado di confermare che il compagno della figlia minore sarà fuori casa entro quarantott'ore?"

"Non posso garantirlo, ma ci tento. Dovrei riuscirci."

"Allora decido io." E il Numero Uno cominciò a parlare pacato. "L'anziana sarà ricoverata prossimamente nella clinica del Santissimo Sacramento di Siracusa." Era lapidario: quella sera stessa sarebbe stata aumentata la sedazione. "Voglio che noi due ci capiamo senza possibilità di equivoci," disse poi scandendo le parole. "L'anziana ritornerà a Pedrara soltanto quando i figli e il compagno della figlia minore se ne saranno andati definitivamente, portandosi appresso tutte le loro cose. Tutte, nemmeno uno spillo deve rimanere. Renderemo impossibile il loro ritorno." E tacque. "Domani mattina," riprese, "la minore e il suo compagno troveranno una bella sorpresa sulla terrazza."

Accennai ad andarmene. Il Numero Uno mi osservava. Mi fermò con un gesto imperioso. "Aspetta."

Mi risedetti e incrociai le mani sul tavolo.

"Perché lo facesti, domenica scorsa, di tagliare i lacci legati da altri?" Era andato dritto al punto.

"Avevo pedinato la figlia maggiore, come concordato. Lei aveva parlato con il maliano, sapeva già troppo; poi se n'era andata a cercare aiuto alla villa, sarebbe ritornata con gli uomini di casa. Quello avrebbe raccontato ogni cosa agli altri, e la sua storia sarebbe finita sulla stampa, tutta, e noi con lui."

"Non pensasti di chiamare il Numero Quattro, che è direttamente responsabile dell'individuo?"

"Non ci pensai."

"Male." Il Numero Uno si portò di nuovo la mano al mento. "Perché?"

"Era una punizione crudele! Una sofferenza atroce, non necessaria!" sbottai.

"E che è, Numero Tre, giudice diventasti?! Al mio posto, al posto del Numero Uno!?"

"Non ci pensai, ho detto. Ma la crudeltà gratuita è da evitare."

"Chi decide cosa è crudele, io o tu?"

Esitai. "Che altro avrei potuto fare?" riflettei. "Avevo pochi minuti prima che venissero gli altri."

"Lì ti voglio!" La voce del Numero Uno si levò in trionfo. "Appizzare il fuoco, Numero Tre! Quello dovevi fare, appizzare il fuoco! Con tutta la sterpaglia che c'è lì in giro. Quei babbasuna avrebbero avuto paura alla prima fiamma, sarebbero scappati in casa. Il fuoco nasconde le tracce. Purifica, sterilizza. Numero Tre, il fuoco risolve sempre!"

Non battei ciglio, aspettavo.

"Devi portare a termine il compito: liberare Pedrara dei

Carpinteri, tutti. E vendere l'intera tenuta. Dovrò pensare a una punizione." E si alzò.

Passandomi accanto, si fermò. Mi guardava. Prese il pacchetto di carta scura che gli avevo portato e se ne andò. Sentivo i passi pesanti dei suoi piedi piatti.

Rimasi seduto al tavolo da solo; non pensai nemmeno di togliermi la maschera di Pantalone.

Maledicevo il destino. Nulla di tutto questo sarebbe mai avvenuto se Tommaso non mi avesse rivelato il segreto della Via Breve.

Mi era passata l'euforia dei primi giorni a Pedrara, quando la vastità della villa e del giardino, la dovizia di libri da sfogliare e leggere e l'eccitazione di essere oggetto delle attenzioni di Tommaso mi avevano intossicato. Mi sentivo solo e diverso da tutti quelli che avevo attorno: contadini, guardiani, persone di servizio. Non sapevo cosa sarebbe stato di me; bruciavo di rimorso. Volevo tornare a casa.

Tommaso mi promise di portarmi in un posto segreto, sull'altopiano, dove in un futuro avrei potuto incontrare i miei genitori. Lo si raggiungeva attraverso la Via Breve, anch'essa segreta.

Attraversammo il giardino e poi la boscaglia che lo separava dalla parete nord della cava. Tommaso camminava rasente la roccia; guardava ora la parete ora la villa, di cui vedevamo soltanto la torre. Poi si fermò. "In linea d'aria siamo esattamente di fronte alla torre, ricordatelo," disse, e controllava la posizione, guardando la torre e palpando la parete. Premette un tasto nascosto e una porta di pietra si aprì lentamente, silenziosa. Uno accanto all'altro, i piedi nel marcio, labbra e occhi inumiditi dal buio pesto, aspiravamo la fuliggine che scendeva dalle alte e strette feritoie insieme a una parvenza di luce. Le dita di Tommaso incontrarono il gancio a cui era appesa una lanterna. Eravamo in un vestibolo alto e grande quanto la navata di una chiesa. Poi un brillio, in basso: raggi e cerchioni di ruote, argentati. Parcheggiata contro la parete ci aspettava una Triumph Trident, nera e cromata, con il serbatoio arancione, le frecce dello stesso colore, gli ammortizzatori a molla come zampe argentate piegate e pronte a scattare. "Ti piace?" chiese Tommaso, e accarezzava il lungo sedile di pelle nera. "Sali." Montai in sella dietro di lui e gli cinsi la vita con le braccia. Accese il faro, puntato sull'enorme bocca di un tunnel che saliva a torciglione. La Triumph partì con un rombo. Si arrampicava veloce sulle curve del tunnel. A intervalli regolari, sulle pareti erano stati scavati spazi che sembravano alcove – alcuni grandi, per riporre arnesi o macchinari; altri piccoli come stanzette. Alcuni erano illuminati da feritoie da cui penetravano lamine di luce. In pochi minuti raggiungemmo il deposito ferroviario nel bosco di San Pietro: da lì si arrivava a Pezzino in poco più di un'ora d'automobile.

E mi maledissi un'altra volta per aver chiesto consiglio al notaio Pulvirenti, quando, venticinquenne, andai a Pedrara su richiesta di Anna. Avvenne per necessità. Alla fine degli anni settanta Tommaso era stato richiamato a Roma. Aveva affittato un attico ai Parioli e lo aveva arredato insieme ad Anna, senza badare a spese. Ma ci stava poco: si trovava più a suo agio nei paesi arabi e, con una scusa o l'altra, ritornava in Egitto appena poteva. Spesso passava i fine settimana a Pedrara, dove si era messo in testa di impiantare delle serre per la produzione di fragole. In quel periodo aveva aumentato l'uso della droga. Anna, che a Roma non si era mai trovata bene, era molto sola. Si confortava spendendo per sé e i figli, e dedicandosi alle opere di bene sotto l'egida del Vaticano e di monsignor Bassi. I Carpinteri vivevano al di sopra delle loro possibilità. Tommaso non discuteva con Anna delle loro finanze e lei non chiedeva. Quando c'erano problemi di denari – lo stipendio dei diplomatici a Roma era di molto inferiore all'appannaggio che ricevevano all'estero – lui ricorreva ai prestiti dalla banca o vendeva oggetti di valore. Anch'io mi ero trasferito a Roma, in un appartamento in affitto; lavoravo come interprete e organizzavo congressi. Ma continuavo a vedere spesso Tommaso e Anna. Notavo che lui era irascibile e trascurava la famiglia; lei ne soffriva molto, ma non me ne parlò mai.

Dopo la morte di Tommaso, Anna andò a Pedrara. Tornò devastata. La gestione delle serre, di cui lui si occupava da solo, era in perdita da anni; i tunisini che vi lavoravano, non appena saputo della morte del padrone avevano fatto piazza pulita: si erano portati via le piante, i sacchi di concime, i banconi, tutto. Mancavano gli attrezzi; il trattore era scomparso. Anna avrebbe dovuto sostenere la famiglia con la pensione di Tommaso, che non le permetteva di mantenere la casa a Roma, le figlie ancora studentesse e Luigi in collegio. Il notaio Pulvirenti le aveva parlato in modo vago, accennando a coltivazioni "particolari" a cui Tommaso era interessato, e si era detto a sua disposizione, nel caso, per consigliarla. Lei, che mai si era occupata di affari, era confusa. Non si sentiva in grado di badare a Pedrara. I suoi genitori erano morti e il fratello era in lite con lei; era sola. Mi sembrò normale offrirmi di aiutarla e lei mi chiese di parlare con il notaio.

La stradella era dissestata e i lavori per il ripristino sarebbero stati costosissimi. Accennai al notaio che la Via Breve era un'alternativa da considerare. Lui non la conosceva, volle sapere del tunnel, delle grotte, delle tombe e del reticolo di corridoi sotterranei che perciavano l'intera cava. Poi si grattò la testa. Anna avrebbe potuto usare il terreno agricolo, le serre e gli spazi sotterranei nel modo forse ipotizzato da Tommaso, ma mai messo in opera "per incapacità". E mi spiegò cosa aveva in mente lui. Riferii ad Anna; lei mi ascoltava, pensierosa. Poi parlò, evitando di guardarmi: "Va bene. A patto che ci vada tu a Pedrara, al mio posto. Non voglio saperne niente di queste coltivazioni suggerite dal notaio, occupatene tu. È cosa da uomo". I suoi occhi mi fissavano, umidi: "Lo faresti, per me e per i bambini?".

E io come sempre le obbedii.

Andai a vivere a Pedrara e le attività dei Numeri mantennero i Carpinteri nel benessere. Anna si contentava dei denari che riceveva ogni mese e non faceva domande.

Erano passati trent'anni e Pedrara richiedeva nuovi investimenti a lungo termine e una stabilità che la salute di lei non offriva. I Numeri temevano che alla sua morte uno dei figli volesse occuparsi di Pedrara, al mio posto. Era necessario che Anna vendesse tutto a un prestanome, subito. Per costringerla iniziarono a lesinarle i denari, con la scusa che i profitti erano diminuiti. Io ce la misi tutta per persuaderla a vendere. "Sono stata così felice a Pedrara con te," mi rispose lei. E poi, irremovibile: "Non potrei mai". Allora suggerii ai Numeri di lasciare le cose com'erano e ripristinare i pagamenti mensili, non sarebbe stato per molto: Anna deperiva, e i figli avrebbero venduto all'acquirente indicato loro dalle persone di fiducia che conoscevano Pedrara, ne ero sicuro. Avrebbero chiesto consiglio al notaio stesso. I Numeri non mi diedero retta: bisognava piegare "l'anziana", come la chiamavano loro. E Anna li sorprese tutti, trasferendosi a Pedrara. Il suo arrivo insieme a Giulia e Pasquale aveva destato allarme. Quei due intendevano stabilirsi per sempre alla villa? Luigi, l'unico maschio, avrebbe ereditato tutto?

Non volevo che Anna lasciasse Pedrara.

La motocicletta mi aspettava da tempo, era già puntata sulla discesa. Il Muto carezzava serbatoio e manubrio, li "sentiva" come sanno soltanto i veri centauri. Un frettoloso "scusa per il ritardo" e montai in sella.

Cavalcavo la Triumph in un abbraccio e lei rispondeva ai miei comandi come se fossimo un tutt'uno: carne, ossa e metallo. Era diventata parte di me. Aderivo perfettamente al serbatoio, le dita strette sulle manopole nere. In una frazione di secondo alleggerii la pressione sull'acceleratore e presi la prima curva senza frenare: era la sola, insieme all'ultima, senza pendenza. Ognuna era diversa dalle altre. Le conoscevo una per una, ricordavo ogni metro della pista, ogni feritoia, ogni incavo.

Da bambino chiudevo gli occhi e facevo qualche passo alla cieca sui marciapiedi, nei cortili e dentro casa: erano spazi che conoscevo bene, eppure non riuscivo a orientarmi con i rumori e le distanze – avevo paura. Questo mi eccitava e al tempo stesso mi destabilizzava. Da ragazzo, quando andavo in bicicletta o in motorino, abbassavo le palpebre per provare il brivido del rischio e per la soddisfazione di aver "visto" a occhi chiusi, grazie alla memoria e agli altri sensi, evitando il peggio. Era la mia roulette russa.

La moto scivolava lungo la spirale. Il gioco del buio e della luce si faceva più ardito, man mano che acceleravo. Le ombre della curva si dileguavano, cambiavano forma e spessore sotto l'abbaglio del faro e delle strisce di luce che penetrava, tagliente, dalle feritoie. Ero nella zona di buio pesto. Lì si apriva un'alcova che Tommaso aveva attrezzato come un camerino. Fu lì che godemmo per la prima volta la nostra intimità, il nostro incontaminato piacere, al buio e nell'assoluto isolamento. Ci eravamo amati Tommaso e io, molto.

Tommaso era morto poco più che sessantenne, all'improvviso: un'apnea troppo prolungata, un gioco erotico finito male. Io avevo ventisei anni e mi ero sentito responsabile della felicità di Anna. Ormai non ero più in grado di darle quella felicità. D'impulso, spensi i fari e pigiai sull'acceleratore. Non era una bravata. Volevo che fosse la fine. La mia fine. Sbandai; poi ripresi il controllo. Ero a metà strada, dove le spirali erano simili. Di nuovo, buio pesto. Chiusi gli occhi, mi lasciavo guidare dalla moto e giravo nelle viscere della roccia in cieca sintonia con la motocicletta. Sentivo il motore e, come i pipistrelli, mi orientavo con l'eco che indicava le distanze. Se sbaglio, pensavo, non mi dispiacerebbe schiantarmi contro la roccia.

Sbandai malamente.

Poi, il grido: "Bede, Bede, Beduzzo mio...". Anna mi voleva.

Riaccesi i fari e con una sterzata riportai la moto al centro del tunnel.

25.

Una lettera mai scritta

Martedì 22 maggio, mattina
(Mara)

I ragazzi si erano appena allontanati baldanzosi con Bede. Luigi e io eravamo soli. Da quando era arrivato, il pensiero della nostra famiglia e dei nostri rapporti non mi aveva lasciata. Presi coraggio e gli dissi: "Noi due ci vogliamo bene, ma il nostro rapporto non ha mai raggiunto la maturità. È così difficile... Dovremmo parlare di noi, come adulti, e del futuro della nostra famiglia e di Pedrara. Pensavo di scriverti... cosa ne pensi?"

Luigi si alzò di scatto e andò a mettersi davanti alla vetrata, di spalle: "Non ora, per favore, sarebbe troppo. Non lo reggerei".

Il ritorno di Giulia con una caffettiera fumante fu un sollievo. Annunciai che sarei andata dalla zia e li lasciai.

Pina stava lavando il pavimento; nell'attesa di poter entrare, gironzolavo nel corridoio. Guardavo distrattamente l'esposizione di scatole e cofanetti di cloisonnerie sulle mensole lungo le pareti per scegliere i pezzi che mi sarei portata a Milano. Ma mentalmente annotavo gli argomenti e come formularli, nella lettera a Luigi.

Era un compito difficile e penoso: io disegnavo e creavo modelli, non ero una che scrive. Luigi e io eravamo ambedue brave persone, amavamo i nostri figli. Eppure non eravamo stati buoni genitori, perché non avevamo raggiunto la maturità dei sentimenti. Nella nostra famiglia vigeva la cultura del non parlare, non chiedere, non sapere. E per questo, nell'amore come nel lavoro, Luigi e io ce l'eravamo cavata, niente di più: non eravamo persone felici. Al contrario Giulia, nel degrado della sua vita, aveva sprazzi di felicità; lei si poneva domande sulla famiglia, su Pedrara.

Presi in mano una conca cinese con due dragoni a fauci spalancate che si guardavano. *Noi due abbiamo paura della verità,* immaginavo di scrivere a Luigi. *Tu hai dubbi sulla sessualità di nostro padre e dei suoi fratelli; e su quella di tuo figlio. Mi chiedi di Bede: Bede è un enigma, da sempre. Ma comincio a capire che le fondamenta del suo rapporto con mamma sono salde: hanno qualcosa di sano, di pulito.* Riposi la conca sul suo treppiede di legno nero e guardai fuori. *E se parlassimo con Bede?* Era quella la domanda da porre a Luigi, la chiave del segreto. Mi calò un'angoscia pesante.

Pina mi toccò il gomito: cercava di dirmi che potevo entrare. "Donna Anna sta molto meglio."

La zia mi aspettava: chiese di Viola; rimase male quando le dissi che era fuori e si schiuse in un sorriso di approvazione quando seppe che era con Bede e Thomas in giardino. "Bede conosce Pedrara meglio di tutti noi." Ne approfittai per porle la domanda che mi premeva: come e perché Bede si era insediato a Pedrara.

"Gliel'ho chiesto io, dopo la morte di tuo padre," rispose lei, "fu... fu una fortuna per me..." E poi: "Non sono sicura se lo fu per lui...". Tacque.

"Zia, anche per lui e per i suoi fratelli è stata una fortuna, hanno guadagnato tutti bene..." dissi io, cercando di incoraggiarla a parlare.

Ma lei rimaneva con le labbra strette. Poi sbottò: "I fortunati siamo stati noi quattro, voi figli e io. Tanti denari, grazie a Bede...". Prese fiato: "Lui secondo me sperava di vedere sua madre... che morì senza rivederlo". E la zia si asciugò una lagrima. "Pianse tanto con me, povero Bede, quando lei morì..."

"Anche lui sicuramente ha ricevuto denari, zia..." insistetti.

Lei scuoteva le mani, come se volesse cacciare via mosche immaginarie, poi le abbassò sul lenzuolo. "Lui prendeva meno del dovuto, ero io che gli facevo regali..." Si fermò, era entrato Luigi e aveva sentito: "Perché facevi regali a Bede?" chiese. La voce ben modulata aveva un tono aggressivo.

Negli occhi di sua madre passò un'ombra. Sembrava disorientata, poi si riprese: "Perché no?". E rivolta a me: "Io voglio fare regali a Bede. Se li merita tutti...". Si girò verso Luigi: "Bede è buonissimo...".

Luigi alzò la voce: "Ma va a...".

"Vattene via, via!" La zia aveva le mani agli occhi. "Via... via..."

"No, mamma, non me ne vado. Bede sembra buono e cortese ma ha un fine recondito, perverso..." Gli occhi di Luigi sembravano sul punto di scoppiare. Si girò sui tacchi e fece per uscire.

Mi avvicinai. "Luigi, parliamo..."

"Bede sta cercando di adescare mio figlio!" E uscì sbattendo la porta.

"Bede, Bede... Be..." ripeteva zia Anna, in lagrime.

Tornai a sedere accanto alla zia; le passai la mano sulle guance.

"È troppo," mi aveva detto Luigi. Sì, era troppo. Troppo tardi.

26.

L'infrazione fatale

Martedì 22 maggio, tarda mattinata
(Bede)

Ero ritornato a casa. C'era tanto da fare. Mi sedetti allo scrittoio. Sentivo un odore di fradicio, veniva da dentro la mia persona. Dovevo distruggere tutto ciò che apparteneva a noi tre. Cominciai dalle lettere di Anna: tirai fuori dal cassetto i cartoncini color crema conservati nelle buste filigranate, con la grafia chiara da insegnante – in poche frasi, comunicava l'essenziale e faceva intuire il divino. Le lessi a una a una – lei si firmava Nenti e io Nuddu. Poi, le poche lettere di Tommaso conservate dopo la sua morte: erudite, piene di citazioni letterarie, brillanti.

Aprii il cassetto delle agende: clienti, amici, committenti. Ogni nome, una vita intrecciata alla mia, una conoscenza, a volte gente che mi era diventata nemica: non accettavano la mia natura e le mie scelte ed esigevano che appartenessi esclusivamente alla loro fazione. Allora mi rintanavo nella mia solitudine. Anche quelle erano da bruciare. Aprii un altro cassetto: cartoline di auguri dei nipoti, lettere dalla famiglia; in una busta gialla, quelle di mia madre. Non ebbi il coraggio di leggerle, prima di consegnarle alle fiamme. Le avevo dato un enorme dolore, e lei non me lo aveva mai fatto pesare.

Guardai l'orologio. Erano le dodici e tre quarti: non avevo dato la pillola ad Anna prima di andare dal Numero Uno.

La terza omissione. Mi infilai nel passaggio sotterraneo per la foresteria.

Anna era lucida e di buonumore. Le dissi che avevo mostrato il giardino a Thomas e a Viola. "Bello, il ragazzo!" diceva. E poi: "Biondo, un nipote biondo...".

"E Viola?" le chiesi.

"Peccato, 'sta figlia!" Mi prese la mano e ripeté: "Le pietre, le pietre...".

"Li hai visti insieme?"

Nora annuì. Erano passati dalla nonna poco prima.

"Insieme?" ripeté Anna.

"Sì."

Mi guardava perplessa. Ammiccando, accostò le punte degli indici e le batté una contro l'altra: "Non sono come noi...". Adesso aveva agganciato le dita tra loro, come due uncini. "Insieme!"

"Sì, insieme! Ma tu devi aiutarmi..."

"Cca sugno!" mi interruppe lei, pronta. Era l'Anna di un tempo. Occhi negli occhi, si lasciò andare indietro sul guanciale.

Nora mi era accanto. "Zio, la pillola devi darle! Il dottor Gurriero ha telefonato per sapere se gliel'hai data."

"Ora lo chiamo. Non dargliela tu!" E me ne andai.

Giravo nel giardino come un forsennato. A testa bassa, giravo attorno alla vasca, costeggiavo le aiuole, camminavo per i viali a lunghi passi, tornavo indietro e ripetevo continuamente lo stesso giro. Non volevo dare la pillola ad Anna. Non volevo che andasse in clinica. No. Non volevo. Avrei chiesto di nuovo al Numero Uno che mi concedesse qualche altro giorno, i Carpinteri se ne sarebbero andati presto. Anziché mandare un sms al Muto, mi fermai sotto le fronde del fico e digitai direttamente il numero di casa.

"Bede, che è successo? C'è niente che posso fare per te?" rispose la voce melliflua del Numero Uno. "Donna Anna sta bene, dorme?"

"Non dorme, e sta bene. Non le ho dato la pillola."

"Dagliela adesso, non fa niente. Non te ne dimenticare, una ogni quattro ore."

"Non voglio dargliela. La voglio a casa per altri tre giorni. Sveglia. Che ragiona. Niente succederà."

"La salute della paziente lo detterà, e il medico curante dovrà decidere se può rimanere a casa o deve andare in clinica per il suo bene," sibilò.

Sbottai: "Numero Uno, questo devi concedermelo!".

"Vaneggi, Bede, che ti è successo? Non una pillola al giorno, sei! Così è scritto sulla boccetta, una ogni quattro ore! Non una, ripeto, *sei*. Altrimenti potrebbe morire, la signora Carpinteri!" E riattaccò.

Dovevo obbedire. Facendo in modo che Nora lo vedesse offrii la pillola ad Anna, che la inghiottì pacifica e mi sorrise. "Mi raccomando," dissi a Nora, "dagliele tu se per caso sono impegnato altrove. Una ogni quattro ore." Nora lo sapeva già, il dottor Gurriero glielo aveva appena detto. E con le nipoti io avevo perduto ogni autorità.

Era l'inizio della fine. Lo sapevo. Avevo compromesso i Numeri, immischiandoli con le persone. E avevo anteposto gli affetti, banditi, all'ubbidienza e al dovere. Dovevo finire di mettere in ordine le mie cose, presto, prestissimo, come se dovessi morire. A casa, aprivo gli armadi, rassettavo, ammucchiavo, toglievo quello che era da distruggere.

In ogni stanza, accanto alla porta c'erano mucchietti di carte, abiti, scarpe, e libri suddivisi in tre pile: da regalare, da bruciare e da gettare. A volte cerchiamo la felicità dove non c'è. Fare ordine e pulizia è sublime. Mi preparavo all'uscita finale.

27.

In cucina

Anna, tu lo sai. Avevamo piena libertà di amare. Ora mi sembra quasi difficile saperti testimone di quello che è accaduto con Thomas.

Lo squillo del telefono mi fece sussultare. Il Numero Uno? La sanzione in arrivo? Sapevo cosa attendermi, eppure rimaneva un dubbio; si spera sempre. Risposi: era Giulia, era già ora di pranzo e io non le avevo portato, come ogni martedì, la spesa fatta secondo la sua lista dettagliatissima. Lo avevo dimenticato, ma anziché esserne costernato pensai che si apriva un'opportunità per vedere Thomas.

Raggiunsi Giulia nella cucina della villa. E quando sentì le nostre voci, arrivò Thomas.
"Cosa mi suggerisci di dare da mangiare a questi?" brontolò lei.
Proposi di cucinare un'omelette a casa mia. Thomas si offrì di aiutarmi.

La cucina era la stanza più moderna della casa. Nessun altro vi aveva mai cucinato, tranne Anna. Aveva soltanto un angolino "all'antica", come diceva lei: un tavolino basso, due poltrone, una libreria piena di libri di ricette e una lampada a stelo con il paralume di pergamena – l'angolo in cui ci si riposa e si tengono d'occhio i fornelli e il forno. Quando arrivava da Roma carica di regali, Anna ne portava sempre uno "per la cucina": il primo microforno, la macchina per fare il pane, lo spremiagrumi elettrico, il nuovissimo robot, il coltello di ceramica, la padellina d'argento, la fiamma per fare il caramello, oltre alle spezie comprate nei mercatini degli emigranti e agli immancabili biscotti Gentilini. Passavamo ore in cucina. Ci divertivamo a preparare la salsa di pomodoro, le marmellate e la cotognata – bottiglie di vetro, vasi da sterilizzare, le formine decorate in terracotta smaltata.

Ci si ama bene, cucinando.

Thomas si muoveva disinvolto tra fornelli e lavandino e in questo era simile a suo nonno, a cui piacevano tutti i compiti della cucina, rigorosamente vietati ai maschi. Parlava a ruota libera delle cucine delle sue case, quella rustica di Trento, con il paiolo appeso nel camino, quella asettica, tutta acciaio, di Bruxelles e quella della villa, in cui Giulia non permetteva che lui entrasse. Era curioso: "Mio padre dice che è un casino, lì dentro...".

Misi a bollire le patate novelle. Nel frattempo preparai il prezzemolo. Insieme a Thomas staccavo dallo stelo le foglie piatte. Misi gli steli nella pentola e ammucchiai le foglie sul tagliere. Thomas si offrì di tritarle, ma non sapeva adoperare la mezzaluna. Voleva che glielo insegnassi, ma era goffo. Feci passare le braccia sotto le sue, da dietro, e coprii le sue mani con le mie, per dargli l'avvio. Un fremito delizioso. Scivolai via.

Dopo avere scolato le patate, le pelammo rapidamente e le tagliammo a fette. Lavoravamo insieme. Io montai gli albumi e li unii all'impasto. Poi versai la frittata nel tegame di ghisa pesante. Dritto davanti al fornello, la paletta in mano, spiegavo a Thomas come procedere con la cottura. "Voglio vedere," disse lui, e mi si incollò a lato, alle spalle, non stava fermo. Sentivo che mi sfiorava. Sentivo il suo corpo. Aggiunsi un filo d'olio, poi coprii con il coperchio e abbassai la fiamma. "Bisogna aspettare," dissi, e lui era ancora alle mie spalle.

"Quando sarà pronta?" chiese.

"Tra una mezz'ora. Intanto ne prepariamo una piccola – per l'aperitivo, questo pomeriggio." Lo guardai.

"Per chi?"

"Per noi due."

"Ok. Aperitivo." Era su un terreno familiare, l'aperitivo faceva parte della sua quotidianità. "Ti raggiungo qui?"

"Sulla torre."

"Mi offri il liquore del nonno?"

"Sì."

"Come si chiama?"

"È il liquore dei mielai, si fa con la cera degli alveari... è dolce e potente. Qui lo chiamano spiritu ri fascitrari." Gli raccontai che gli apicoltori della zona – i fascitrari, appunto – avevano messo le loro arnie lungo la roccia, nella boscaglia, per ottenere il miele migliore: quello delle piante selvatiche. "Sei pronto ad assaggiarlo?"

"Sì." E poi: "Vengo solo".

"Solo," ripetei io. "Solo. Sali dalla scala a chiocciola. Io sarò lì ad aspettarti."

Ma Thomas non se ne andava. Mi si avvicinò e si allungò come per darmi un bacio sulla guancia, non osò e scomparve.

Passai il primo pomeriggio a casa, bruciai tutto quello che non doveva rimanere. Era questione di ore. Il Numero Uno non dimenticava, né perdonava.

Poi tornai da Anna e dissi a Nora di andare a riposarsi a

casa mia. Nora non voleva lasciarmi, capii che aveva ricevuto ordini. "Vattene a stirare nello spogliatoio, allora, da lì puoi tenerci d'occhio!" le dissi. Lei obbedì e dopo averci pensato spostò l'asse da stiro verso la porta, per vederci bene. Anna sembrava più intontita: non osavo chiedere a Nora se il dottore aveva aumentato la dose. Eppure sorrideva. E sorrideva ai figli e ai nipoti che passavano di tanto in tanto.

Le strinsi le mani, gliele baciai, e ci dicemmo un lungo addio. Non come avrei voluto, ma andava bene così. Per la prima volta mi sentii colpevole; non avevo mantenuto la promessa di badare a lei fino alla morte.

Eppure, quel perdersi languido di Anna dentro la lusinga del farmaco accendeva altro languore. Vedevo Anna abbandonata contro il cuscino, le mani lente sul lenzuolo, annusavo il profumo che si insinuava nell'aria primaverile, vedevo e sentivo, era qualcosa che tornava e mi risvegliava i sensi. Cresceva la voglia di Thomas. C'era un destino in quel desiderio, non sapevo né opporre resistenza né domarlo. Guardai Anna, la guardavo nel letto di morte di sua sorella e mi sembrava Mariangela, e immediatamente dopo Tommaso, e oltre quell'ombra, tutto nella luce, il corpo di Thomas. "Non ti voglio abbandonare Anna, Anna mia, ma devo fare qualcosa. Devo tornare a casa. A fare ordine. Questi fantasmi vogliono la mia anima... vogliono il mio desiderio, il mio passato – la mia vita." Attraversai la villa di corsa, e una volta in casa pulii, rassettai, conservai, controllando ossessivamente. Tutto era a posto. Raccolsi la cenere dal braciere e la sparsi sul terriccio delle graste; annaffiai.

Poi l'ultimo compito da Numero Tre. Controllare con i fratelli che tutto fosse in ordine per i duecento immigrati che sarebbero venuti il giorno dopo. Gaetano e Giacomo risposero gioviali. Tutto a posto. Ancora non sapevano.

Infine l'urgenza, l'ultima. Il piacere, che in quanto tale necessita del tempo che si prende. Mi lavai e mi spalmai con cura creme profumate. Indossai la galabeya lunga, quella con il collo a pistagnetta, abbottonata davanti come le tuniche dei seminaristi, tenuta insieme da un filo lungo di seta che passava intorno ai bottoncini: a tirarlo dal basso verso l'alto, la galabeya si apriva.

28.

Il mistero della torre

Avevamo deciso di mettere a soqquadro la villa, una volta per tutte. Viola e Thomas avrebbero aperto uno per uno i volumi della biblioteca. Pasquale e Giulia dovevano frugare negli armadi e nei cassetti nelle stanze da letto, controllare i mattoni non saldi, gli interstizi ed eventuali sportelli nascosti. Luigi avrebbe cercato nelle camere degli ospiti e io avrei battuto palmo a palmo i corridoi, le scale interne e la foresteria.

Non era stato facile mandare via prima Nora e poi Pina, ma alla fine ero riuscita a liberarmene con la promessa che le avrei chiamate se fosse venuto Bede. Le sorelle andarono a tirare fuori dall'armadio del corridoio tutte le tovaglie ricamate, in modo che potessi scegliere le migliori da portarmi a Milano. Si erano accinte al compito giulive, ammiccando: credevano che le tovaglie servissero per il corredo di Viola. Esplorai la seconda scala nascosta nell'armadio grande; portava effettivamente alla torre – me la feci tutta, fino al tetto. Sull'ultimo pianerottolo c'erano scaffali ben spolverati su cui erano allineati eleganti cuscini da terra, un frigo, secchielli per il ghiaccio, bottiglie di liquori, shaker, un cesto per la frutta, piccole ciotole per la frutta secca: era evidente che qualcuno ci veniva, e spesso. Scendendo, dietro uno sportello a muro scoprii alcuni libri antichi in inglese: risalivano alla seconda metà del Seicento ed erano dedicati alla sessualità femminile.

Ne sfogliai uno, di squisita fattura, con illustrazioni dell'apparato riproduttivo.

Cosa mi manca?, mi chiedevo. Non avevo più uomini. Per paura di soffrire avevo tolto voce al desiderio, che tanto era stato presente nella mia vita. Ero un'arancia vizza. Capivo ora che Viola era "così" non solo per l'incuria di Alberto ma anche per la mia.

In una scatola, le lettere d'amore tra nonna Mara e il suo amante. Che fossero quelle a cui avevano accennato Giulia e Pasquale? Che fossero stati loro a usare la scala per salire alla torre?

Tutto era possibile, ma in verità sulla torre non si respirava quell'atmosfera torbida, pesante, delle stanze occupate da Giulia e Pasquale. Qui si avvertivano la mollezza, il gusto, la promessa di piacere che solo mio padre poteva aver concepito e Bede continuato. Bede. Quanta memoria incerta mi suscitava la sua presenza a Pedrara. Seduta sulla scala che portava alla torre, mi lasciai andare a una tenerezza ignota, per quella casa, per zia Anna, per mio fratello, per mia figlia.

Sentivo che si muovevano nelle stanze della villa, tutti intenti nella ricerca. Che cosa si aspettavano? E io, cosa mi aspettavo?

A metà pomeriggio, un urlo dallo studio. Viola e Thomas avevano trovato un cofanetto a forma di libro: la copertina di marocchino era decorata con fregi dorati e intarsi di madreperla, e tirando il nastrino che ne usciva si apriva un doppiofondo. Appoggiato su un'imbottitura di raso grigio brillava in tutta la sua gloria un collier di ametiste, rubini e brillanti corredato da orecchini pendenti. L'oro e le pietre brillavano malgrado la poca luce. Portammo il libro alla zia – tutti insieme in processione, incluso Pasquale. Lei era assopita, la svegliammo. Viola si era appoggiata il collier sul petto. La zia la osservava, poi prese il cofanetto che Giulia le porgeva aperto. Passava le dita sul raso grigio, cercava di dire qualcosa. Frugando con il dito indice tirò fuori un nastrino. "Sotto," sussurrò. Tirando il nastrino si aprì un altro doppiofondo di seta: conteneva una busta. Luigi la aprì e lesse ad alta voce.

Era un certificato: un gioielliere di Cannes dichiarava che quella, eseguita nel suo laboratorio, era la copia perfetta di una parure realizzata da suo padre. Era stata creata per Mara Carpinteri nel 1913 e suo figlio Tommaso Carpinteri, alla morte della moglie, l'aveva venduta all'asta a Parigi. Luigi ripose la lettera nella busta, in silenzio, e rimase a guardarla a testa bassa. La zia guardava ora me, ora Viola, bellissima con il collier sul petto, e murmuriava: "Le pietre... le pietre...". Sorrideva, demente.

Pasquale aveva ascoltato in silenzio e poi se n'era andato. Io e tutti gli altri eravamo rimasti senza parole. In piedi intorno al letto, i nostri occhi erano fissi su Viola e sul collier che continuava a tenersi sul petto ossuto. La zia le prese la mano e cercò di portarsela alle labbra, ma lei la ritirò con un gesto brusco: non voleva che la nonna gliela baciasse e zia Anna, impaurita, cominciò a piagnucolare. Intervenne Nora, con un tono inaspettatamente severo: dovevamo andare via, avevamo dato un dispiacere a donna Anna. Obbedirono tutti, tranne io: non prendevo ordini da nessuno dei Lo Mondo.

La zia aveva accettato l'acqua e zammù che Nora le aveva offerto e si era calmata; ripeteva, pietosissima, la solita filastrocca: "Bede bene cene...". Le carezzai le guance con il dorso della mano e un sorrisetto vacuo, come quello dei neonati, le increspò le labbra.

Pasquale rientrò a passi pesanti, strascicando la gamba ferita: posò sul comodino un sacchetto di juta sporco di unto e disse con voce tonante: "Eccole qui, Mara, le pietre di tua figlia. Sono quelle che si mettono sulla pasta frolla per non farla gonfiare mentre cuoce!". La zia sussultò, non capiva. Presi il sacchetto che Luigi mi aveva fatto vedere in cucina. Dentro, un bigliettino scritto a mano: *Per Viola*.

Me ne andai. Questa volta la zia mi aveva deluso. Perché beffarsi di Viola?

Ci riunimmo nella veranda. Pasquale aveva preparato il tè, seppure in ritardo, in un samovar trovato in una delle camere da letto degli ospiti del secondo piano, abbandonate da anni.

"Bello," disse Luigi, "sarà russo... Piacerebbe tanto a Natascia!"

"Scordatelo! L'ho lucidato fino a rovinarmi le dita e voglio usarlo qui, appartiene a questa casa!" Giulia aveva parlato di slancio, ma poi spiegò, in tono più gentile: "Vorrei portarmelo a Roma...".

Intervenne Pasquale, severo: "Invece di perdere tempo a lucidare il samovar, avresti dovuto continuare le ricerche. Dillo a tuo fratello, che con quella scusa mi hai lasciato solo al piano di sopra... volevi aspettare in cucina che tornasse Mentolo!".

Giulia strinse le labbra a prugna e diede un morso al biscotto di mandorla.

Esprimevamo la nostra delusione confusamente, cercando di ricostruire gli eventi, di dare un ordine e un senso a quella sventura che ci copriva di ridicolo... e più la sensazione di ridicolo aumentava, più aumentava il dispetto, la rabbia persino. Ci parlavamo addosso, lamentosi. Il tesoro di nonna Mara, di cui ci avevano tanto parlato, venduto all'asta! Ci avevano preso in giro per anni!

Io e Luigi decidemmo di lasciare Pedrara l'indomani, ma non prima di aver chiarito la posizione finanziaria con il notaio e di aver parlato con Bede. Giulia e Pasquale invece sarebbero rimasti: ci rivelarono, con una certa riluttanza, che a Roma non avevano dove stare. Giulia, che aveva lasciato il lavoro l'anno precedente, aveva affittato il suo appartamento per sei mesi.

Thomas nel frattempo, dopo essersi riempito zitto zitto le mani di biscotti, se n'era andato annunciando che tornava dalla nonna. Il gruppo, sconsolato, si sciolse poco dopo, lentamente.

Preparavo la valigia. Infilavo tra le camicie libri antichi e alcuni oggetti cloisonné presi dallo studio. Non volevo che Giulia se ne accorgesse, avrebbe fatto una scenata. La porta si aprì con forza; entrò Viola, piangente, e si buttò sul letto. Mi raccontava tra un singhiozzo e l'altro che aveva seguito Thomas in camera della zia. Lui si era appartato nel vano di un balcone, dietro la tenda di tulle, con Bede, elegantissimo, come se dovesse andare a una festa; parlavano fitto e avevano fatto finta di non vederla, ne era sicura. E solo poche ore prima, mentre cercavano il tesoro di nonna Mara, Thomas le aveva giurato di amarla! Dopo essere corsa via dalla camera della nonna, Viola aveva chiamato suo padre, d'impulso: Alberto le aveva sbraitato al telefono che non poteva né voleva spendere migliaia di euro per mandarla nella clinica di Las Vegas a curarsi l'anoressia. "Mangia!" le aveva ingiunto bruscamente chiudendo la conversazione.

Non mi ero resa conto che Viola aveva costruito addirittura una vera e propria storia d'amore con il cugino. Era un'altra delle sue fantasie. Me ne sentii addosso tutta la responsabilità. Le promisi che sarei andata io in camera della zia, e che avrei parlato con Thomas per capire un po' la situazione. Ma Thomas non c'era più. Bede, in piedi accanto alla zia, la guardava.

Me ne andai subito: non gradivo la sua presenza, ora mi pareva semplicemente un imbroglione, un imbroglione di charme.

Viola volle andare in giardino alla ricerca di Thomas. La luce fioca dei lampioni e quella obliqua del sole calante davano risalto alla lucentezza della pietra di pece del Ragusano di cui erano lastricati i viali. Insieme alle lunghe ombre delle palme e al profumo intenso dei fiori di notte, creavano un'atmosfera surreale. Viola mi cingeva la vita, tristissima. A pranzo aveva mangiucchiato l'insalata e preso non più di tre bocconi della frittata, sostenendo di sentirsi sazia; due minuti dopo, però, mi aveva implorato di comprarle il cioccolato di Modica. Viola era ritornata alla sua fissazione: Thomas. Erano davvero innamorati e lei voleva sapere se c'era un impedimento legale al matrimonio tra cugini primi. Mentre sproloquiava, mia figlia mi cingeva la vita, mi baciava, si aggrappava a me. Sentivo sotto le mani le sue scapole dure, era pelle e ossa. Ci imbattemmo in Luigi, al telefono con Natascia, e poi andammo a sederci sul bordo della fontana. Da lì si intravedevano la scaletta a chiocciola della torre, coperta di glicine, e la cisterna, contro lo sfondo dell'alta parete di roccia, già velata dalle ombre della notte. Dal bordo dell'altopiano ci guardavano compatte le schiere di querce del bosco di San Pietro. Lassù il cielo era pallidissimo e il verde intenso delle cime, sotto gli ultimi raggi del sole morente, mandava barbagli metallici.

Viola mi aveva messo la testa in grembo – sembrava pesantissima, il peso dell'infelicità. Iniziava un tramonto lento e spettacolare: il cielo, striato di blu e arancio dove il sole stava per andarsene, era diventato celeste chiaro e luminosissimo. Sentii uno scalpiccio: Pasquale andava a prendere l'acqua alla cisterna. Sollevato il coperchio a mezzaluna, calò il suo bummulo con la corda al manico; lo tirò su grondante d'acqua e lo appoggiò vicino alla cisterna. Aveva raccolto una nespola e la mangiava passeggiando sotto la torre: ogni tanto guardava su, verso i merli. Viola gettava pietruzze nella vasca. La imitavo, nell'ansia di esserle vicina. Era come se fossi ritornata all'infanzia con Giulia. Quando era morta mamma.

Pasquale era scomparso. Il bummulo era rimasto dove lui lo aveva posato, la corda gocciolante a terra, la cisterna aperta. Nel viale degli oleandri, Luigi camminava su e giù a grandi passi, parlando concitato al telefono. Sospirai. Il tempo era pesante, non passava mai.

All'improvviso, passi precipitosi. Thomas corse giù dalla scala a chiocciola, come se fosse inseguito, e sceso l'ultimo gradino si fermò, ansante e rosso in viso. Viola, lacrimosa, lo chiamava con un filo di voce: "Thomas... Thomas". Ma Thomas aveva visto il padre nel viale e correva verso di lui. I due si avviarono in direzione della villa, il braccio di Luigi sulle spalle del figlio, e subito furono inghiottiti dalla galleria di rami intrecciati. "Thomas... Thomas," chiamava ancora Viola, sempre più fioca. "Non ci vuole," concluse.

Dov'era andato Pasquale?

"Torniamo a casa." E Viola gettò nella vasca le altre pietruzze. All'improvviso sentimmo due tonfi diversi, cupi, che si propagavano nel giardino e lo gelavano. Due pesi gettati nell'acqua profonda. Viola sussultò: "Thomas?". Era agitatissima. Thomas era con Luigi, le ricordai. Pensai piuttosto ai nibbi che catturano gli istrici e li fanno cadere dall'alto sulle rocce del fiume per spaccarli e nutrirsene. Scrutammo il cielo, luminosissimo. Tutto era immobile. E fu proprio in ragione di quell'atmosfera sospesa, ferma, che intravidi Pasquale scendere anche lui dalla scala della torre, zoppicante, stravolto, il viso sporco di sangue.

Luigi ci aspettava nel vestibolo. Aveva lo sguardo opaco, era evidente che era successo qualcosa. Thomas non stava bene, ci disse. Nient'altro. Rispettai il suo riserbo e lo abbracciai in silenzio. Viola invece insisteva per vedere il cugino: "Thomas mi vuole, lo so, me l'ha detto!".

Ma Luigi fu inflessibile: gli aveva dato un calmante, Thomas doveva dormire. Si sarebbero rivisti la mattina dopo.

Di nuovo lacrimosa, Viola si era accasciata sul primo gradino della scala. La porta della sala da pranzo si era aperta, Giulia chiedeva cos'era successo. Le domandai come stava Pasquale. Sussultò. "Benissimo, sta facendo la doccia. Andrà a dormire subito, senza cena: è molto stanco e gli fa male la gamba." Poi ci disse che la zia si era comportata in modo bizzarro. Aveva urlato come una forsennata. "Bede ci sa fare con lei, le avrà dato altre medicine per calmarla."

"Andiamo a vedere come sta," fece Luigi.

La stanza era al buio, silenziosa.

"Entriamo."

"No, non vorrei disturbare la mamma, lasciamola tranquilla."

29.

Qui uccidono

Viola era in camera, già pronta per la notte; aveva l'iPad aperto sul letto, scorreva il video di un gruppo inglese. Luigi non voleva lasciare solo Thomas. Giulia era con Pasquale.

L'ora di cena era passata, ma quella sera non si mangiava. Viola si era assopita, l'iPad sul cuscino. La casa era insolitamente buia e silenziosa. Gironzolavo per i corridoi, nessuno aveva pensato di lasciare una luce accesa; anche l'ingresso era al buio. Mi fermai davanti alla camera della zia. La porta era chiusa; mi misi in ascolto: niente.

Pensavo a Viola e mi veniva fame. Non osavo entrare in cucina e vagai nella galleria al pianterreno, passando la mano sui bordi delle poltrone e dei divanetti. Nella veranda, la tavola – tovaglia pulita e senza briciole – era in attesa di essere apparecchiata. Ammucchiati al centro: sale, pepe, il cestino dei tovaglioli e quello del pane, coperto. Sollevai la tovaglietta sfrangiata: c'erano fette di pane già indurite, poco appetitose, e grissini.

La sera era tiepida. Mi ero appoggiata allo stipite della portafinestra, un grissino in mano. I lampioni del giardino erano spenti; le luci fioche delle lampade di emergenza creavano un'atmosfera surreale. Mi sentivo in pericolo. In fondo, la parete di roccia – una nera muraglia minacciosa – sembrava inclinata, come se stesse per cadermi addosso e io mi sentivo incapace di mettermi in salvo. Poi, un rumore lontano, sempre più vicino – il motore di un'automobile che scendeva dalla stradella e si fermava, forse davanti alla casa di Bede. Silenzio. Il rombo di un altro motore. E ancora silenzio.

"Madame... Madame." Strisciando sotto le fronde della plumbago apparve Jacques. Voleva sapere di me: come stavo, se andava tutto bene, se c'erano novità. Bizzarro, da parte sua. Ma rispondevo. Poi, all'improvviso: "Deve stare attenta, madame. Qui uccidono". Aveva visto il capo proprio dietro l'angolo: armato. "Rimango fino a che lei non se ne va, per proteggerla. Se lo ricordi," bisbigliò, e subito scomparve.

Mi ero seduta a tavola. Sola, i commensali erano le ombre del passato di Pedrara. Nonna Mara, che avevo conosciuto poco. Piccola, elegante, con un corpo perfetto. E lamentosa, non le andava mai bene niente; non amava mia madre e dopo la sua morte la vedemmo poco: viveva a Siracusa, da sola. Non andai al suo funerale, mio padre ce lo aveva proibito: aveva perduto tre fratelli e una moglie, e odiava i servizi funebri. Anche lui era ospite immaginario alla mia tavola sconzata. Gli avevo voluto molto bene, forse troppo per la poca attenzione che mi dava. Colto, curioso, brillante conversatore dai modi impeccabili, era un perfetto padrone di casa e un diplomatico molto apprezzato. In famiglia era silenzioso, sembrava a disagio. Ed era egoista. Credo che lo tediassimo, noi tre figli, e anche le due mogli. Ma gli si perdonava tutto, era così bello! Nonna Mara e papà conoscevano i segreti di Pedrara, ma non ce li avevano mai rivelati. Ruminavo pensieri, al buio.

Fossero stati lì ora, intorno a quella tavola, quante domande. Invece, tanti pensieri, tanti pensieri che non mi davano pace. Dopo quei tonfi nella cisterna, mi era calata dentro un'inquietudine strana e mi trovavo di nuovo sola. Con i miei fantasmi.

Volevo Luigi accanto. Lo sentivo indifeso, e così figlio; anche la mia Viola, ora perduta nel sonno, era indifesa nella sua richiesta d'amore, nella fragilità dei suoi sogni.

La luce bassa delle lampade di emergenza ridisegnava la veranda. Tutta Pedrara era lì. Quella tavola deserta mi angosciava. Vi posai le mani, quasi quel gesto potesse raccoglierne l'energia e colmare la mia delusione, il silenzio, l'assenza. Cosa facevo lì, da sola? A quale chiamata rispondevo? Un brivido. Non ero a caccia di facili sensazioni oscure, come una medium, eppure gli eventi della giornata, il falso brillare del collier, le pietre nel sacchetto, gli occhi vuoti di zia Anna, le lagrime di Viola e ora tutto quel silenzio mi davano un senso di allerta che mi confondeva. E mi eccitava.

Dovevo uscire. Ancora una volta dovevo cercare. Presi una torcia e aprii la portafinestra.

Una fila di cipressi maturi separava il giardino dalla fitta boscaglia che arrivava fino alla parete a strapiombo della cava. Mi arrampicai sul costone appoggiato alla roccia; passavo accanto a querce e ceppi di olivi inselvatichiti per l'assenza di potatura. Davanti a me apparve, liscia, la parete a strapiombo. Negli anfratti della roccia crescevano palmette nane, arbusti frondosi, capperi, euforbie e felci. I lunghi rami pendenti delle piante di cappero – foglie a cuore e fiori rosati dai pistilli rosso fuoco che brillavano sotto la luce della lampada – sembravano le mantelle merlettate esposte sui balconi per le feste di paese, mentre le euforbie dai fiori gialli erano i lampioni che illuminavano le strade. La parete era bucata in alto dalle tombe. Anche lì la vegetazione era folta. Ero arrivata a uno slargo di pietrisco spianato, ricavato accanto a uno dei nascondigli della mia fanciullezza; c'ero già stata durante le mie passeggiate.

Sentii un rumore, le zampe di un animale: vidi l'ombra di una faina che scappava e la seguii nella boscaglia, al riparo. Un secondo rumore, come una cerniera che si apre; spensi la torcia e mi accovacciai tra i getti di un olivo dal tronco cavo. Strisciando, vi entrai dal basso, come facevo da bambina. Le fronde mi coprivano i capelli. Cominciavo a "vedere" nel buio: forme, ombre, luccichio di foglie e pietre sotto la luna. Il cigolio continuava. Proveniva da una parte della roccia coperta da una rigogliosa colonia di capperi. I tralci pendenti cominciarono a ondeggiare come un sipario argentato.

La parete sembrò tremare, dal basso. Un enorme quadrato di roccia si apriva, lento, gemendo. Una luce abbagliante: i fari di una Land Rover. Uscì lentamente, scricchiolando nella ghiaia prese la strada verso il fiume e scomparve tra gli arbusti. Come il nostro fiume, come il Pedrara.

Mi avvicinai alla parete: la porta si era richiusa. Senza lasciare traccia. Andai dove era scomparsa la Land Rover. Nessun imbocco di tunnel. Tornai alla villa, e per la prima volta da molti anni ebbi davvero paura.

30.

Seduzione

Martedì 22 maggio, ore 19.00
(Bede)

Mi ero portato sulla torre due bicchieri, il liquore dei mielai e una caraffa di limonata. Li avevo disposti sul tavolino; poi avevo sprimacciato i cuscini dei divani. Accanto alla porta della scala interna, piume di pavone uscivano dal collo sottile di un vaso di bronzo sbalzato. A Tommaso piaceva aggiungervi rose fresche dallo stelo lungo, alla moda di Beirut. Misi il vaso accanto al divano e disposi le piume a cerchio. Il loro occhio iridescente aveva un non so che di maliardo.

Appoggiato a uno dei merli, tenevo d'occhio l'arco di ferro della scala a chiocciola, stritolato dal glicine fiorito, e mi godevo la vista che spaziava sull'intera cava. La torre dominava il fondovalle, il corso del Pedrara e poi il lungo corso del Tenulo, che appariva e scompariva, nascosto dalle pareti frondose che lo fiancheggiavano, costrette a torcersi su se stesse per seguirne l'andamento serpeggiante.

Nel teatro grandioso della cava, la torre – per quanto imponente – diventava insignificante: la parete di roccia a nord, vicina alla villa, la più alta, si levava minacciosa nella penombra, come se volesse umiliare la superbia dell'imperatore tedesco e di quel simbolo eretto per svettare sulla valle.

Il tramonto era al culmine. Il globo rosso del sole avvolgeva cava e torre in un abbraccio misericordioso; fissavo impunemente quella morbida luce, ormai troppo debole per indurmi a calare gli occhi. Tutto, cielo terra acqua, era di una bellezza insopportabile.

Thomas era salito senza fare rumore.

"È bellissimo, qui." E tacque. Eravamo vicini. Lui si guardava intorno. Nel silenzio, sentivo il suo respiro tiepido e veloce sulla spalla. Poi, provocante: "Tu sei una persona che non capisco".

"Non si capisce mai come si arriva a essere ciò che si è."

"Che cosa vuoi dire?"

"Mia madre mi diceva sempre che ero speciale e che le piacevo per com'ero... Io non mi sento speciale, però è vero che per me sono importanti cose che molti trascurano."

"Tu sei padrone qui?" Thomas aveva cambiato di nuovo argomento, ma non il senso del discorso: era tutto un gioco per scoprirci. E si era spostato: mi stava di fronte.

"Potrei risponderti con le parole di un poeta: *Nulla posseggo che possa dire: è mio. Lontani e morti sono coloro che amavo e di loro non mi giunge notizia alcuna.*"

"Cosa significa?"

"Ascolta il poeta: *Mi sono messo al lavoro pieno di volontà; ho versato il mio sangue e non ho arricchito il mondo di un centesimo. Ritorno alla mia patria solo e senza gloria.*"

"È triste." Thomas mi fissava con intenzione.

"No. Senti ancora: *Tutte le gioie del cielo sono nelle lacrime che io verso per la tua bellezza, come l'amante per la sua amata.*" Mi fermai. Lo guardai senza alcuna ambiguità.

E poi gli versai da bere. Gli riempii il bicchiere e parlai di Tommaso l'esteta, l'edonista, l'amico fedele, l'uomo generoso. E con una gran voglia di vivere la vita come piaceva a lui – secondo regole sue. La figura del nonno emergeva e diventava reale. Tirai fuori dal vaso di bronzo una lunga piuma di pavone. Thomas si era disteso sulla chaise-longue di vimini.

"Tuo nonno non era un uomo di mezze misure. Corteggiava i rischi e a volte indulgeva negli eccessi. Amava il bello e il piacere."

Stormi di uccelli volavano sopra di noi in ampi ghirigori. Attraversavano il cielo, andavano e tornavano. Ogni tanto invertivano la rotta, ma mantenevano la formazione: le silhouette si assottigliavano, l'apertura delle ali sembrava più ampia e loro mostravano i diversi colori del piumaggio come in un gioco di ombre cinesi. Tirava un vento leggero.

"Cosa ti ha insegnato?"

"Mi ha insegnato quello che sapeva..." E non dissi altro. Sentivo in Thomas il desiderio di conoscere il nonno attraverso di me. "Mi ha assecondato negli studi e nella carriera. In una cosa era diverso da chiunque altro abbia mai conosciuto: non aveva sensi di colpa."

Thomas si era tirato su e aveva incrociato le gambe nella posizione del loto. "Anche tu non hai sensi di colpa?"

"No, perché dovrei?"

"Quando ti sei reso conto che eri così?" C'era una traccia di ansia nella sua voce già impastata dall'alcol.

"Da sempre."

"E tua madre?"

"Mi amava."

"La mia no. Nemmeno mio padre. Vogliono che sia come loro mi vogliono. Io non so chi sono, che cosa mi piace..." Mi guardò dritto negli occhi, quasi a sfidarmi.

"Prendi dalla vita quello che ti offre."

"Mio padre ha paura che io sia gay." Questa volta la sua voce tremò come avesse paura di scambiare la confusione con l'incertezza. "Dice che il nonno lo era."

"Lo sei?"

Non rispose.

"Io amo anche le donne."

Quell'"anche" non lo stupì, ma era ovvio che voleva saperne di più.

E incalzava. "Come hai conosciuto mio nonno? Com'era?"

"Tuo nonno era riconoscente nell'amicizia: mi aiutò perché vent'anni prima mio padre lo aveva salvato dal nemico, uccidendo un soldato inglese. Nell'amicizia esigeva rispetto e onestà. Ma non nell'amore."

"Ma allora tu e mio nonno vi amavate?"

"Avevo la tua età. Eravamo ad Alessandria d'Egitto. La sera lui bussava alla mia porta. 'Chi è?' chiedevo. E lui rispondeva sempre allo stesso modo:

> 'Ragazzo, occhi di ragazza,
> io cerco te; ma tu non senti
> e non sai che tieni le redini
> dell'anima mia'."

"E nonna Anna?"

"Sapeva."

"Allora come mai ti è rimasta amica, dopo la sua morte?"

"Tua nonna e io ci amiamo da trentacinque anni."

Thomas non capiva.

"L'amore capita, non si pianifica. E quando si ama si dimentica il passato e il futuro. L'importante, te l'ho detto, è non fare il male."

"Ma è complicato?"

"No, è semplice. Si ama nel presente. Mai per gratitudine di un passato felice, e nemmeno nell'aspettativa di un bene futuro."

Delle tortore volavano in formazione verso il bosco di San Pietro; le seguii con lo sguardo. Thomas sorseggiava il secondo bicchiere; ero conscio del suo sguardo.

Le tortore scomparvero oltre le cime delle querce, poi sarebbero ritornate. Puntai gli occhi addosso a Thomas.

"Cosa è questa?" mi chiese lui indicando la galabeya.

Era un capo egiziano, realizzato su disegno di Tommaso.

"Me l'ha regalata tuo nonno." Bevemmo altro liquore dei mielai. Altamente alcolico, aveva un gusto dolciastro. Raccontavo a Thomas di me, non come avevo pianificato nei minimi dettagli durante la mia lunga attesa, ma in risposta alle sue domande. Dove sei nato? Cosa faceva tuo padre? E tua madre? Hai fratelli, sorelle? Cosa fai qui a Pedrara? Non ti annoi da solo? Le mie parole scivolavano leggere e veloci; me lo mangiavo con gli occhi. Lui ne era consapevole; non gli dispiaceva.

Mi sedetti sul cuscino accanto alla chaise-longue e posai la mano sull'interno della sua coscia. "In questo momento brucio dal desiderio di baciarti." Una pausa intensa. Tolsi la mano: "Aspetto che sia tu a volerlo".

Tacemmo.

"Hai mai dato dolore agli altri, hai fatto soffrire per il tuo vantaggio?"

"Sì, e mi porto addosso il peso della colpa."

"Perché lo hai fatto?"

"Per dabbenaggine, da giovane. Ora, per amore. Non ne sono fiero."

"Io ho fatto male ai miei genitori. Mio padre si aspettava da me risultati migliori al liceo, mia madre non si è risposata per non darmi un altro choc e io l'ho lasciata per ritornare a Bruxelles. Anche lì, non le ho dato le soddisfazioni che meriterebbe."

"O che si aspetta."

Un altro silenzio.

Fu lui a togliersi la camicia per primo, aveva carne soda, liscia, chiara e una peluria leggera: la bellezza della gioventù. Ci carezzammo. Bevevamo, io dal suo bicchiere e lui dal mio. A un certo punto, il cielo quasi bianco fu attraversato da una striscia di nuvole rossastre, con striature d'ambra, inseguite da altre nuvole dai colori sfumati e cangianti. Era la fine del tramonto. L'oscurità sarebbe venuta subito. Un tonfo nell'eterno.

Guardavamo le nuvole dai merli; quelle sfumature di rosso si rincorrevano e si accavallavano velocissime nel cielo alto, in fuga dal nero incombente in arrivo da nord. In basso, il giardino era silenzioso; la cisterna, aperta.

Thomas aveva posato la mano esitante sulla mia vita. Scese sul pene. Ben piazzata.

Il cielo divenne blu scuro. Portai la mia mano sulla sua – bastò una leggera pressione per acuire le fitte di piacere – e subito la guidai in alto, strisciando sul cotone a contatto con il corpo. Lasciai andare la pressione quando la sua mano raggiunse il primo bottone. Quello del colletto. Gli diedi in mano la pallina di seta che, tirando il filo, apriva completamente la galabeya.

Ma Thomas cercava le mie labbra. Il primo timido bacio. Poi un altro, carnale, i corpi incollati. Mi staccai da lui e indietreggiai verso i divani. Thomas dapprima non capì, ma teneva stretto il filo. La galabeya si apriva dal basso. Aspettavo palpitante, a gambe larghe e braccia aperte, che la mia nudità fosse svelata dal filo di seta. "Oddio," mormorava Thomas, e tirava, il respiro pesante. Il filo gli era rimasto tra le mani e lambiva il pavimento. La galabeya era aperta, i lembi socchiusi. Il vento solleticava il pene turgido. Ci avvicinammo uno all'altro. Lui aveva le spalle contro un merlo; aprì i pantaloni e si offriva. Non mi mossi, aspettavo. Thomas allungò deciso la mano.

Le tortore correvano in lungo e in largo nel cielo mentre noi celebravamo ancora una volta sulla terrazza di Tommaso la vita e il piacere.

31.

Verme!

Martedì 22 maggio, sera
(Bede)

"Porci!"

La voce di Pasquale era vicina, dietro di me.

"Porci!"

Mi spingeva e mi colpiva. Sentivo l'intenzione violenta, la determinazione aggressiva. L'incanto era rotto. Dovevo far scappare Thomas, che, bloccato tra me e il muro, mi guardava inebetito come se aspettasse un ordine, una soluzione. Era solo un ragazzo, tanto più ora che doveva fronteggiare una situazione così sgradevole e inattesa. Tirai un calcio all'inguine a Pasquale e spinsi via Thomas. Pasquale barcollò, incerto sulla gamba ferita, e riprese a sbraitare:

"Porco! E sfruttatore! Vivi da padrone alle spalle dei Carpinteri! E fotti il figlio! Fai schifo!" Fece un passo avanti minaccioso.

"Verme!" Alzai la mano e la protesi verso di lui, aperta.

"Verme a me, detto da un frocio!" Pasquale urlava. Ma si era fermato.

"Sì, verme!"

Thomas era sulle scale; si girò con uno sguardo spaventato e poi sparì.

"Verme!" ripetei. "Hai messo incinta Giulia tre volte e ogni volta l'hai fatta abortire a forza di calci nel ventre e costole rotte!"

"Credi di sapere i fatti nostri, garruso?!"

"Non hai nemmeno avuto la decenza di pagarle gli aborti! Hai costretto Giulia a chiedere i denari a sua madre. E da sua madre ti sei fatto pagare pure i debiti, e i tuoi cosiddetti viaggi di studio nei bordelli della Thailandia! Sei un parassita, una sanguisuga!"

"Parassita a me?! I Carpinteri ti mantengono da quando sei entrato a casa loro! È l'ora della tua vergogna! Luigi ti sbatterà fuori a calci in culo."

"Vergognati tu! Anna ha pagato le spese del processo per l'affidamento di tuo figlio, il figlio che ti sei tenuto anche se lui voleva tornare dalla madre e che tu hai seviziato, lo prendevi per i capelli e lo sbattevi a terra, gli torcevi le dita! Era scritto anche sui giornali!"

Pasquale sbavava. "E tu che ne sai?"

"Vai via!" gli urlai.

"Frocio!"

"Via!" E feci un passo in avanti verso di lui. "Via, vattene via, verme!" Pasquale indietreggiava e io avanzavo, un passo lui e un passo io, mantenendo la stessa distanza, io nudo e lui vestito, l'indice puntato sul suo viso, occhi negli occhi, lo stesso livore e la stessa intensità. "Vattene via!", e lui continuava a indietreggiare. Passando accanto ai divani afferrai il vaso di bronzo per il collo, come una mazza. "Vattene via, verme!"

Pasquale adesso era vicino alla scala.

"Fuori di qui!"

Si infilò sotto la cortina di grappoli di glicine. Poi un fracasso: era ruzzolato per le scale. Imprecava, ma non tentò di risalire.

32.

I Numeri annunciano il loro arrivo

Martedì 22 maggio, sera
(Bede)

Che corsa, Anna mia. Sembra così facile raccontare quando esci dal caos ed entri nella sequenza logica dei fatti. E in questa sequenza – quasi fosse un quadro rimasto coperto da un lenzuolo – eccomi lì, incauto protagonista, e il fatto non è un fatto ma "il fattaccio".

La frescura della notte era scesa sulla torre; il sole era scomparso. Le ultime striature del cielo scivolavano dietro il bosco di San Pietro. Le querce si affacciavano compatte sulla cava: una schiera di cavalieri nerovestiti. Poi un suono. Un messaggio sul BlackBerry, dal Numero Uno: *Stiamo venendo a casa tua.*

Avevo sì e no un quarto d'ora. Raccolsi le calze dimenticate da Thomas, la bottiglia di liquore dei mielai, la caraffa di limonata, i bicchieri, e gettai tutto nella cisterna. Rassettai i divani.

Feci le scale di corsa e rientrai nella villa. Anna mi chiamava, come se sapesse: "Bede! Bede!". Presagiva la fine di Bede Lo Mondo. E voleva la fine anche lei. Le diedi una dose doppia di medicina, poi le asciugai le labbra con un fazzoletto e lei volle baciarmi le dita. "Ci vedremo prestissimo, ricordi la promessa?" le bisbigliai, per non farmi sentire da Pina, "sempre insieme, noi due..."

Anna non capiva. Barbugliava: "Mene, bede, bene".

Tre mesi prima era venuta stanca e dolorante, portata da un'ambulanza. Io ero con lei. Giulia e Pasquale si erano accodati a noi. Arrivati davanti alla villa, aveva insistito per entrare in casa al mio braccio. Aveva salito la scala un gradino alla volta, cauta, sulle ossa assottigliate dall'osteoporosi, appoggiandosi da una parte al mio braccio e dall'altra al corrimano. Giulia e Pasquale si erano infilati nella sala da pranzo. Anna aveva aspettato che se ne andassero e si era girata verso di me. Si era aperta in un sorriso. Mi ero chinato per baciarla. Dopo un'esitazione mi aveva rifiutato e si era sciolta in un pianto irrefrenabile: "Sono brutta e vecchia, Bede mio, Beduzzo. Sono venuta qui per morire," aveva mormorato.

"Moriremo insieme, ricordi il patto?" E l'avevo baciata sulle labbra.

È giunto il momento, Anna mia.

Scesi nella foresteria e imboccai la scala sotterranea. Anziché andare a casa, presi il passaggio che portava al fiume. Pensavo ai miei genitori, ai miei fratelli. Alla morte di Tommaso mi ero trasferito a Pedrara per volere di Anna e anche perché desideravo rivedere i miei genitori. Comunicavamo soltanto per lettera: secondo mio padre, il telefono sarebbe stato un'emozione troppo forte per mia madre. Dal fattaccio erano passati dieci anni, un lasso di tempo sufficiente perché la gente dimenticasse – così pensavo. Avevo pianificato di sorprendere mia madre presentandomi a casa all'ora di pranzo, senza preavviso. Ne parlai al telefono con i fratelli, che erano ritornati a Pezzino e vivacchiavano come trattoristi. "Non fare niente del genere, prima parlane con papà," disse Gaetano.

Mio padre mi diede appuntamento nel bosco di San Pietro, quello che avevamo attraversato insieme la sera in cui mi aveva portato da Tommaso. Venne con Gaetano e Giacomo, che non vollero lasciare l'automobile mentre lui mi faceva cenno di seguirlo. Era invecchiato e camminava male. Ci infilammo nel fitto del querceto. I tronchi erano stati scortecciati; nudi, sembravano sofferenti. In una radura c'erano alcuni alberi abbattuti, i tronchi inerti e grossi come pachidermi.

"Sediamoci," disse mio padre.

"Perché non l'hai portata, la mamma?"

"Non sta bene. Ha la pressione alta, le gambe gonfie..."

"Posso venire a casa?"

"Mai." E parlò. "Mentre ti portavo a Pedrara, quei disgraziati dei tuoi amici – spacciatori erano – vennero a prenderti da noi. Tua madre dovette farli entrare, altrimenti avrebbero buttato giù la porta. Era sola. Siccome non rispondeva alle domande, quelli la legarono e la imbavagliarono. Lei non sapeva davvero dove eravamo andati, ma non le credettero e la presero a legnate. Distrussero la tua camera a colpi di spranga e dissero che sarebbero tornati e avrebbero ucciso lei e me, se non gli dicevamo dov'eri ammucciato. La lasciarono legata, sola sola, bagnata dal piscio che si era fatta addosso per la paura. Quando ritornai e la trovai in quello stato, capii: uomini senza appartenenza erano, e dunque i più pericolosi, perché non hanno regole. Chiamai i tuoi fratelli in Germania, c'era bisogno di loro."

Mio padre mi raccontò sommariamente i fatti. Il morto era stato trovato il giorno dopo dalla vicina di casa che gli faceva le pulizie; un omicidio commesso da sconosciuti a scopo di furto, si disse in paese. La gente e i carabinieri puntavano il dito su un drogato. Era il periodo del festival di Pantalica, ogni giorno e ogni sera c'era musica, gioventù, droga, alcol. I fratelli e mio padre si accamparono nelle tombe della cava. Impararono a riconoscerli da lontano e a identificarli tra la folla. Studiavano i loro movimenti e le loro abitudini. Dopodiché, si appostarono ciascuno in un punto diverso. Nel giorno di maggior confusione, durante il concerto di un gruppo americano, quei quattro cantavano e ballavano in mezzo agli altri. "Accuminciò allora una masculiata di pallottole. Io e Gaetano presimo di mira e sparammo pallettoni per uccidere quei quattro, e li ammazzammo tutti, a uno a uno. Giacomo invece impallinava la folla con pallottole a salve, per sviare i sospetti. Morti con un solo colpo, alla testa," disse mio padre con orgoglio. "Avevo insegnato ai miei figli a sparare per difendersi dal nemico, e invece ammazzarono per difendere l'onore dei Lo Mondo!" In giro se ne dissero tante: era stato un regolamento di conti tra spacciatori, oppure il gesto di un pazzo, soprannominato "il mostro di Pezzino", oppure ancora una strage di anarchici. "Questo fecero per te i tuoi fratelli e tuo padre. Per salvarti e per vendicare il male fatto a tua madre."

Quando la polizia ebbe stabilito che la morte del vecchio era stata un omicidio a opera di ignoti e chiuse l'inchiesta, i miei credettero che fosse possibile per me tornare in paese. Ma non fu così. La vicina del vecchio aveva spiato gli assassini da dietro le persiane: erano quattro maschi e una femmina. Lei li conosceva, e sapeva che erano esattamente quelli uccisi a Pantalica. Ma mancava la femmina. Dov'era? E chi era? Il figlio del morto venne a saperlo: chiedendo qua e là appurò che a quei tempi io bazzicavo con i quattro di Pantalica e che mi piaceva giocare con i vestiti. Cercò inutilmente di far riaprire l'inchiesta, dopodiché affittò la casa dirimpetto a quella dei miei genitori e ci mise una fimmina anziana per sorvegliarli; questa si era accattivata la fiducia di mia madre e continuava a trasiri e nesciri da casa nostra, con la scusa di farsi cucire i vestiti da lei.

"Fino a quando vivi, non puoi più mettere piede a Pezzino. Non voglio che vieni a vedere tua madre. Non mi fido del suo silenzio: se ti avesse qui le scapperebbe detto con le clienti. Devi essere grato ai tuoi fratelli, e vivere lontano da noi." Si passò il dorso della mano sugli occhi, per togliersi il bagnato. E rimase seduto con le mani intrecciate in mezzo alle gambe larghe, la testa bassa.

Da allora, Pedrara divenne la mia prigione.

33.

Il tuffo

Martedì 22 maggio, notte
(Bede)

Anna, soltanto tu mi eri rimasta, quando andai a vivere a Pedrara.

Dovevo raggiungere il fiume prima che i Numeri si accorgessero che non ero a casa ad aspettarli. Correvo attraverso la boscaglia che fiancheggiava la riva, nel buio spesso del fondo della vallata. Mi ero riabbottonato in fretta, e adesso la galabeya mi svolazzava attorno alle gambe. Finii in una macchia di rovi, cercai di liberarmi dalle spine ma rimasi imprigionato con i capelli. Nella frenesia di districarmi facevo peggio: i capelli mi si impigliavano ai rami, le spine mi laceravano la stoffa, la pelle, più mi muovevo e più mi ingarbugliavo. Non c'era tempo da perdere. Mi strappai la galabeya e uscii nudo dalla macchia.

Perché ero arrivato a tanto? Avrei voluto abbandonarmi lì dov'ero, come un Cristo nella notte, un'anima senza pace. Quanto più mi vedevo perduto a me stesso, tanto più i rovi del passato tornavano, anche loro, a stringermi in una morsa cattiva. Quello che tutti chiamavano "il fattaccio" era cresciuto con me, dentro di me, e non aveva mai smesso di marcare a fuoco me e la mia famiglia.

Ora mi vedo correre nel buio, nudo, sudato, frustato dai rovi, e da quella corsa torno indietro a quel tempo.

Avevo lasciato la scuola a sedici anni. In famiglia non c'erano denari per farmi studiare oltre, come avrei desiderato. Non avevo voluto seguire i miei fratelli in Germania; avevo trovato un lavoro estivo come cameriere nel bar di un cugino di mio padre, quello da cui andava in campagna a raccogliere verdura e a sparare. Lì incontrai quattro giovani allegri e appassionati di musica moderna. Pensavo fossero ricchi di famiglia: giravano su automobili sportive, portavano orologi d'oro e si accompagnavano sempre a ragazze molto belle. Peppe, il capo, mi prese in simpatia e divenni la loro mascotte; uscivo con loro e andavamo dappertutto nella provincia ai festival, ad ascoltare musica, a ballare nei night club, a volte arrivavamo fino a Taormina. Imparai a bere i liquori, a fumare spinelli, ad apprezzare il piacere di essere alla moda e di fare sesso senza impegno. Era l'inizio degli anni settanta, sull'onda del miracolo italiano in Sicilia erano arrivati i televisori e le radio a transistor. Si metteva tutto in discussione: sesso, droga, politica, costumi, religione, lavoro. In giugno, i miei nuovi amici organizzarono insieme ad altri giovani del luogo il festival di Pantalica: per tutto il mese, migliaia di ragazzi da ogni parte della Sicilia vennero a campeggiare nella cava, occupando la ferrovia abbandonata e i tunnel vuoti. Noi paesani fraternizzavamo con la gente di fuori, e queste amicizie avevano il sapore della trasgressione, dolciastro come quello degli spinelli che condividevamo. Tutto era permesso. Ci sentivamo liberi di fare quello che volevamo. I miei amici accennavano spesso al "vecchio porco", un anziano malandato in salute, mezzo sordo e con la cateratta in ambedue gli occhi, a cui però era rimasto un forte appetito sessuale: lo soddisfaceva spendendo con le prostitute i denari che il figlio emigrato gli mandava dall'Argentina.

Il vecchio però preferiva ragazze "normali", fresche e allegre, anche se erano soltanto da maniare, e aveva chiesto a Peppe di fornirgliele – era disposto a pagare bene. Peppe ogni tanto gli portava la sua ragazza, Maria, e rimaneva a controllare che il vecchio non eccedesse: all'inizio le sue richieste erano audaci e sgradevoli, ma alla fine si contentava di poco. Era un divertimento burlesco e osé, per tutti: tanto parlare sboccato, qualche maniata e tante risate. Maria tratteneva per sé una parte del compenso e poi andavano tutti insieme a farsi delle belle mangiate al ristorante. Era la prima settimana di giugno; a una di queste mangiate – c'ero anch'io – Maria suggerì di fare uno scherzo al vecchio: mi avrebbero vestito da femmina e portato da lui. Al momento giusto, mi sarei rivelato. L'idea piacque a tutti. Io avevo un debole per Maria, e acconsentii. Quando il vecchio chiese nuovamente a Peppe di portargli una ragazza, lei mi conzò con seni di gomma, camicetta coi volant, tacchi alti, perfino mi arricciò i capelli, e poi rimase a casa ad aspettarci.

Il vecchio ci fece entrare e andò a sdraiarsi su una poltrona con il poggiapiedi e lo schienale reclinabile per godersi lo spettacolo. Era flaccido, le labbra pendule. Incoraggiato dagli amici, recitai la parte stabilita.

"Guardala, quanto è sapurita! Pare una manchèn!" gli gridavano. Lui vedeva poco e loro mi descrivevano esagerando i miei attributi: "Avi minne ca parono arance tarocco!". Io mi annacavo avanti e indietro, come un'indossatrice. "Toccale il culo, è duro come una mela!" Allora mi avvicinavo, quanto bastava perché il vecchio potesse sfiorarmi la natica.

Quello gridava – "Veni cca!", "Fatti toccare meglio!". Staccai la calza dalla giarrettiera e me la sfilai come se facessi uno spogliarello, poi offrii la gamba al vecchio. Lui prese a carezzarla, ma quando cercò di salire oltre la coscia mi tirai indietro. Continuai così per un po', prima mi offrivo e poi mi negavo: gli altri ridevano e gridavano, il vecchio bestemmiava.

Poi chiese di essere frustato. "No," gli disse Peppe, "'sta fimmina è fina e ti carezzerà con una piuma, meglio assai del frustino." E tirò fuori il piumino per spolverare a cui avevamo aggiunto degli scovolini da pipa. Glielo passavo sul corpo flaccido, con radi peli neri, lunghissimi, attorno all'ombelico, e gli piaceva – "Ancora!", "Avvicinati!", "Più in alto!". Gli cresceva la voglia; anche noi eravamo eccitati. A un certo punto – si era aperto i pantaloni – mi prese per la vita e tentò di baciarmi. Cercai di sottrarmi, mentre le sue mani callose mi stringevano i fianchi e salivano verso il petto. Volevo divincolarmi, ma lui non lasciava la presa e finì per strapparmi la camicetta. Come un energumeno mi scippò il reggiseno.

"Finocchio!" urlò, stringendomi forte i capezzoli con le sue manacce. "Schifiu sì! Schifiu!" urlò, e strinse più forte. Il dolore era insopportabile.

"Lascia, mi fai male!"

"Frocio!" E mi sputò in faccia. "I carabinieri chiamo! Lo dico al sindaco cosa avete fatto! Porci e mascalzoni!"

"Muzzicalo!" gridò Peppe.

Riuscii a liberarmi mordendogli il braccio. Per poco: il vecchio, imbestialito, mi immobilizzò chiudendo le gambe a tenaglia attorno alle mie e mi colpì alla testa con una pioggia di pugni. Cercai di spingerlo indietro; lui si puntellò sui braccioli e allentò la morsa, così riuscii ad allontanarlo, spingendolo via. La poltrona si rovesciò: testa in giù e gambe in aria, il vecchio non smetteva di gridare: "Il sindaco! Vi denuncio!".

"Tu non parli con nessuno." Peppe si era fatto avanti. Gli diede un calcio sulla testa, e poi un secondo. E quello non si mosse più. Un filo di sangue colava a terra.

In un baleno fummo nell'automobile, partimmo sgommando.

"Dobbiamo chiamare un medico..." dissi io.

"Mai! Guai a te se parli, finisci come quello!" disse Peppe.

Mi buttarono fuori dalla macchina davanti a casa mia. La luce in camera dei miei genitori mi ricordava che mia madre mi aspettava sveglia, come sempre. Entrai, ansioso, senza pace, e scrissi una lettera a Peppe, esortandolo a chiamare la polizia per spiegare com'erano andate le cose, mi offrii perfino di spiegare la mia parte nel disastro: non volevo quella morte sulla coscienza. La mattina dopo, molto presto, sgusciai fuori di casa per consegnare la lettera. A mia madre, che mi chiese dove andavo, spiegai per sommi capi – la busta in mano – cosa era successo. Quando tornai, mio padre mi aspettava in cucina, vestito come se dovesse uscire. Volle sapere tutto per filo e per segno. "Disgraziato!" fu il suo unico commento. "Pigliati le tue cose e andiamo via, subito." Mia madre mi preparò la valigia in fretta e furia: vi aggiunsi le mie cusuzze e un libro di poesie, *Dare e avere*. Mio padre la chiuse, stringendo bene la cinghia. "Chiedi perdono a tua madre, per il dolore che le stai dando, e salutala. Non la rivedrai tanto presto."

E mi portò a Pedrara.

Anna, ho fatto soffrire mia madre – e non se lo meritava. Tutte le sue lettere finivano con: "Non ci si abitua mai ad avere i figli lontani, anzi, peggio diventa".

Correvo, nudo; continuavo a inciampare negli sterpi, sbattevo contro i rami, incespicavo in discesa ma non perdevo di vista la meta: la colonna con la cima tagliata. Sentivo già l'automobile del Muto. Mi arrampicai sulla colonna; lo avevo fatto tante volte senza mai farmi male, ma adesso, al buio e nella fretta, scivolavo, perdevo l'appiglio. Una volta in cima, guardai in alto. Le luci delle tombe erano tante, i duecento passanti erano arrivati in anticipo. Pensai alla loro tristezza, a quello che li aspettava. Mi sentii spiato. E mi vergognai della mia nudità. Poi, una portiera che sbatteva: i giustizieri erano arrivati. Raggiunsi il bordo estremo della roccia e sollevai le braccia. Il tuffo questa volta doveva essere ampio, ad arcobaleno. E così fu.

Il mio spirito saliva lentamente; mi guardavo intorno. Ti cercavo, ma tu ti facevi aspettare.

34.

La sigaretta del Muto

Martedì 22 maggio, notte
(Bede)

Era bella Pedrara dall'alto, e silenziosa. L'acqua del fiume brillava nella luce diffusa della luna, come se fosse immobile. La cava era tutta un mosaico di grigi – gradoni, fondovalle, boscaglia, alberato e seminativo. Il buio nero delle pareti, rotto qua e là da barbagli intermittenti, ne sembrava la continuazione e si fondeva con il cielo stellato.

Dallo slargo, un faro potentissimo manovrato dal tetto di una Land Rover era puntato sul fiume. Il fascio di luce colpiva la colonna di roccia e si spostava, nervoso, alla ricerca di un punto preciso.

Cinque figure convergevano lentamente sul fiume, ai piedi della colonna. Il primo ad arrivare fu il dottor Gurriero, il Numero Uno. Salì su un pietrone, per vedere meglio. Sulla giacca abbottonata fino al collo svolazzava la sciarpa di seta. Di fronte a lui apparve su un altro masso il notaio Pulvirenti, il Numero Cinque; Pietro Pulvirenti, sindaco di Pezzino, il Numero Sei, era sbucato da una macchia di oleandri, sulla riva sud. In alto, sul viottolo delle tombe a grappolo, incorniciato dall'ingresso quadrato di una tomba, Gaetano, il Numero Due. Sulla soglia della tomba vicina, Giacomo, il Numero Quattro.

Il Numero Uno pestava sulla tastiera del telefonino e il faro si spostava, obbediente. A un certo punto il Numero Uno sollevò il braccio imperioso e il faro si fermò illuminando il mio corpo nudo sulle pietre dove mi ero schiantato.

Scrutavo vittorioso i volti impassibili dei Numeri. Non volli guardare i miei fratelli, loro mi avevano voluto bene.

Il Muto era sceso dalla scaletta da cui manovrava il faro; si arrotolava una sigaretta. Una leccata alla cartina e se la mise tra le labbra, accendino alla mano. Appoggiato alla portiera della Land Rover, si godeva la sua fumata in pace, l'occhio sul Numero Uno, in attesa di comandi.

35.

Tre morti

Mercoledì 23 maggio, mattina
(Mara)

Sentivo rumori strani. Calpestio lungo i viali, automobili e motociclette, i potenti diesel dei camion. Poi, lunghi silenzi. Nel buio della notte guizzavano all'improvviso fasci di luce. Non volevo chiudere le persiane, dovevo sapere sentire vedere, ma avevo paura. Mi confortava avere Viola nel mio letto; ogni tanto pensavo di andare a controllare se la zia stesse bene, ma ero riluttante, volevo evitare il confronto con Bede.

La mattina mi ero alzata presto, avevo fame. La porta della cucina era chiusa. Per non disturbare Giulia e Pasquale avevo raccolto delle nespole e poi mi ero seduta alla tavola deserta. Ancora una volta l'assenza, ma accompagnata da un'ansietà nuova che i rumori del mattino stavano progressivamente acuendo. Il campanello della porta d'ingresso suonò come lo sciogliersi di un presagio mai pronunciato.

Gaetano e Giacomo Lo Mondo, a capo scoperto, erano sull'uscio insieme a Nora. Avevano gli occhi cerchiati. Nora era sgattaiolata di sopra; i due non vollero entrare, impacciati.

"Bede è morto, sul fiume," disse Gaetano.

"Stanotte. Un tuffo sbagliato, finì sulle pietre," gli fece eco Giacomo.

Ascoltavo, attonita.

"Lo conzammo a casa sua, il funerale sarà domani," disse ancora Gaetano, e si fermò.

In cima alla scala, Nora gridava: "Donna Anna! Muriu! Muriu!".

La zia era riversa sul fianco, rigida. Aveva la bocca aperta, la mascella caduta. A quella vista mi ritirai, codarda. Mi bastava. Non dissi una parola. Nora e i Lo Mondo si avvicinarono per metterla a posto e lasciai fare. Anzi, me ne andai con il pretesto di chiamare i fratelli. Luigi venne per primo con Thomas, intontito dalle pillole che gli aveva dato suo padre. Viola non si era voluta alzare e piangeva abbracciata al cuscino. Giulia arrivò in ritardo, stralunata: i fratelli Lo Mondo e Nora, che l'avevano aspettata per farle le condoglianze, si congedarono e furono accompagnati alla porta da Luigi. Nessuno piangeva, eravamo impietriti.

Luigi mi informò che i Lo Mondo gli avevano comunicato l'ultimo desiderio di Bede: avere un unico funerale insieme a donna Anna, se fossero morti contemporaneamente.

"Cosa hai risposto?" chiesi.

Luigi disse che si era tenuto sul vago. Fece una smorfia. "Dovremmo capire cosa avrebbe voluto mamma."

Ci girammo verso il letto grande. Ci rivolgevamo a lei, come se potesse darci una risposta. Nora le aveva rassettato i capelli; il volto era grigio, ancora tirato, e come se la vita non volesse veramente abbandonarla. Era austera: la dolcezza tutta sua se n'era andata insieme allo spirito.

Giulia e Thomas, seduti accanto al letto, la guardavano stralunati. Luigi si era commosso e mi abbracciò: "Non lasciarmi, stammi vicino. Poi mi bisbigliò all'orecchio: "Pasquale dev'essere impazzito". Passando nel vestibolo, aveva sentito provenire dalla sala da pranzo urla e rumore di oggetti scaraventati per terra e cocci rotti. "Dobbiamo tenere d'occhio Giulia."

Viola arrivò ansante. "La cucina è chiusa e c'è qualcuno che la sta distruggendo!"

A quelle parole Giulia si alzò e corse via.

Luigi sembrava perfettamente padrone della situazione: disse a Thomas di raccogliere dei fiori in giardino, Viola avrebbe scelto i vasi; io fui mandata a prendere un copriletto adatto. Lui intanto si era avvicinato al secrétaire. Era piccolo e pieno di cassetti e cassettini. Frugò dappertutto, ma non trovò né testamento, né lettere per noi. Poi aprì il cassetto del comodino, dove si tenevano le cose di toletta della zia. Una busta indirizzata a noi tre era appoggiata su spazzole, creme e fazzolettini di carta. Luigi la strappò, impaziente: conteneva le disposizioni, identiche a quelle di Bede, per un doppio funerale. Riguardo al testamento, invece, la zia scriveva che avremmo dovuto contattare il notaio Gulotta, l'amico di monsignor Bassi, a Roma.

"Ieri pomeriggio avevo aperto il cassetto e la busta non c'era," disse Luigi. E mi guardò. All'improvviso mi accorsi che aveva la fronte segnata da rughe, il colorito grigiastro: un vecchio. Ci ponevamo le stesse domande: che la zia avesse avuto una premonizione? E chi avrebbe potuto mettere la lettera nel cassetto? O forse qualcuno aveva ucciso lei e Bede? Eravamo tutti e due perplessi su quel doppio funerale. Perché?

Giulia gridava, gridava e piangeva. Era un lamento alto e straziante.

In piedi nella terrazza dell'anticucina, lei e Pasquale ora guaivano rauchi. Sul pavimento, le crete e le ceramiche che lui doveva aver distrutto in preda a una crisi di nervi. La testa di Mentolo era infilzata su una punta dell'inferriata: a sinistra un mazzo di rosmarino, a destra uno di alloro. Pasquale teneva Giulia stretta a sé e ci diceva tra i singulti che quel mattino, aprendo la portafinestra della cucina, si era trovato davanti un sacco con dentro il corpo di Mentolo, decapitato.

Parlavano tutti insieme. Luigi chiedeva cos'era successo,

Pasquale sbraitava che i Lo Mondo gli avevano ucciso Mentolo e lui voleva andarsene immediatamente, Pedrara era un posto malefico: "Ora! Ora ce ne andiamo!". E poi, rivolto a Luigi: "Chiamaci una macchina!".

"No, io non me ne vado, io voglio andare al funerale della mamma!" gridò Giulia.

Pasquale si voltò come una furia: "Tu fai quello che ti dico io! Quelli ti vogliono male, ti ammazzeranno se resti!".

Ma adesso Giulia era passata nelle braccia di Luigi.

"Ricomponiti." La voce di Luigi era gelida. "Avrete una macchina subito dopo i funerali. Una macchina con un bagagliaio grande per portare via tutte le vostre cose," precisò guardando Pasquale dritto negli occhi. Quello, gambe larghe e pugni stretti, prima non rispose, poi prese a inveire contro Giulia: era l'artefice delle sue disgrazie e gli aveva rovinato la carriera costringendolo ad andare a Pedrara. "Un maleficio ci hanno fatto! Ci distruggeranno, se non andiamo via!" strepitava battendo i piedi.

"Smettila con queste sciocchezze," intervenne bruscamente Luigi. "Le cose capitano, e a volte capitano insieme. Controllati."

Giulia, la testa abbandonata sulla sua spalla, piangeva: "Non ne posso più! La mamma!".

Pasquale fece un passo avanti e sibilò: "Cretina! Tu pensavi soltanto all'eredità!".

Giulia si girò verso di lui come se volesse sputargli in faccia: "Tu, tu... tu...!". Ma era troppo, per lei. Si accasciò di nuovo sulla spalla di Luigi: "Sto male!".

Quel trambusto parve improvvisamente afflosciarsi quando fu annunciato l'arrivo dei Gurriero e dei Pulvirenti. Pasquale si ritirò, ma Giulia fece il suo dovere e ricevette le visite insieme a noi. Io restai tutto il tempo come in trance: rispondevo meccanicamente alle domande e, come raccomandava sempre la zia, nel momento di crisi mi appigliavo alle buone maniere. Poi, sconfortata, abbassai gli occhi e mi cadde lo sguardo sulle scarpe di Mariella: si era scusata cento volte per l'abbigliamento non consono a una visita di lutto, ma il marito era andato a prenderla in palestra e lei era venuta così come si trovava. Calzava un paio di scarpe da ginnastica dorate, alte, con la para bianca – i lacci, color fucsia. Da allora non vidi altro che scarpe: i mocassini con le nappe di Pietro Pulvirenti, le scarpe da vela del notaio, e poi le zeppe di corda di sua moglie, persino – ai piedi della signora Gurriero – i sandali di Positano, i primi della stagione.

All'ora di pranzo, Nora portò due guantiere di pizza e arancine.

"Non dovevate," le dissi.

"È il consolo. Così ci aveva detto di fare zio Bede," rispose lei.

Per la seconda volta, Luigi prese in mano la situazione. Prese accordi con le pompe funebri, si fece dare da una collega del ministero degli Esteri il numero di telefono di una ditta di trasportatori fidati e parlò a lungo con loro. Poi chiamò noi sorelle e ci sottopose il testo del necrologio che sarebbe apparso su "La Sicilia" e "Il Messaggero".

"Il trasportatore può imballare tutto quello che vogliamo portarci via. Dobbiamo farlo immediatamente," il tono di Luigi adesso era imperioso, "appena ce ne saremo andati, qui arriveranno gli sciacalli. Sia chiaro," fece poi rivolto a Giulia, "nessuna intromissione da parte di Pasquale, o di Natascia. Scegliamo noi figli, e basta."

Luigi aveva ragione, bisognava decidere quali mobili e quali oggetti lasciare, quali prendere e quali vendere all'asta, a Roma, e bisognava farlo prima del funerale: dopo, sarebbe stato davvero troppo pericoloso restare soli a Pedrara.

Pasquale era entrato in silenzio nella veranda; era rimasto in piedi, in disparte. Guardava, sul viale, il dondolio dei nuovi getti del glicine ai soffi di un vento amico, ma non perdeva una parola dei nostri discorsi. A quel punto fece per avvicinarsi; aveva ripreso l'atteggiamento saccente e voleva dire la sua. "Fermati," disse Luigi, alzando una mano, "hai già parlato abbastanza. Da te voglio soltanto una risposta chiara e definitiva, e la voglio adesso: o te ne vai immediatamente – intendo oggi –, o rimani e partecipi al funerale in modo civile ed educato nei confronti dei Lo Mondo."

In ogni caso, Pasquale avrebbe dovuto portarsi via tutto ciò che gli apparteneva, rimettere a posto quanto aveva preso in prestito e lasciare pulite e in ordine le stanze che aveva occupato. "Sappi che tutto quello che rimarrà di tuo verrà bruciato," lo avvertì Luigi.

Lo sguardo di Giulia, pallida, passava dall'uno all'altro.

"Vado a fare le valigie," disse infine Pasquale guardandola truce. "Partirò subito dopo il funerale. Donna Anna, se lo merita!" E se ne andò a passi pesanti.

Prima che Giulia potesse seguirlo, Luigi la prese per un braccio: "Tu stai qui. Dopo andremo a vedere cosa vorrebbe portarsi, quel lestofante!". E lei obbedì.

Decisi di rimanere sulla terrazza mentre i ragazzi preparavano la tavola. Mi misi a osservare Pasquale. Raccattava mogio gli attrezzi che gli appartenevano e li metteva sul tavolo di appoggio. Poi prese una zappa abbandonata in un angolo e cominciò a dare colpi su quel che restava delle sue opere di argilla, in silenzio, guardandomi di tanto in tanto di sguincio. Con una scopa di saggina spazzò i cocci sul viottolo del giardino e al mucchio che aveva così formato andava via via aggiungendo rami secchi, radici, pezzi di legno e tutto quello che aveva raccolto e ammassato in casa. Sembrava calmo, ma ogni tanto assestava calci al mucchio di rifiuti perché non franasse nelle aiuole, ed erano calci violenti e mirati. Come quelli che dava a Giulia.

36.

Io sono una vera donna

Mercoledì 23 maggio, pomeriggio
(Mara)

Thomas sembrava istupidito. Non si staccava dal fianco di Viola, stranamente tranquilla anche lei, ed era come se nessuno dei due si rendesse pienamente conto di quello che era successo. Avevano steso una tovaglia sulla tavola e disposto la pizza e le arancine portate da Nora. Ognuno avrebbe mangiato quanto e quando voleva, disse Luigi. Mangiavamo le fette di pizza e le arancine a morsi, tenendole in un tovagliolo di carta, chi seduto, chi in piedi, chi addirittura camminando. Era come se la morte della zia avesse spezzato il tenue legame che ci univa. Giravamo insieme nelle stanze di rappresentanza al primo piano come se facessimo un inventario. Io dissi subito che avrei voluto la collezione di abiti antichi della zia, e qualche piccolo oggetto come ricordo. Giulia e Luigi non avevano obiezioni e mi chiesero di seguirli al piano superiore, con carta e penna, per prendere appunti sulla divisione degli arredi. L'avidità infantile di Luigi era temperata dalla buona educazione, e così anche la petulanza di Giulia.

Quando scendemmo, trovammo Pasquale appisolato sul divano della galleria. Accanto a lui, sul pavimento, era rimasto un pezzetto di pizza.

"Facciamo un giro in giardino," proposi a Giulia, e me la portai sul belvedere.

Il gorgogliare della fontana era rassicurante. Il cielo era

azzurro, come nei giorni precedenti. Il paesaggio, lo stesso di sempre. Eppure c'era qualcosa di diverso, a Pedrara. Nelle tombe intravedevo ombre e luci. E non sentivo i canti del Mali. Giulia osservava l'acqua che scorreva lungo la canalina di marmo.

"La zia sapeva che Pasquale ti mette le mani addosso?" le chiesi a bruciapelo.

"Sì..."

"E che ti diceva?"

"Mi capiva."

"Come 'ti capiva'?"

Giulia si era rivoltata contro di me. "Tu dell'amore non capisci niente!"

"Significa anche romperti le costole? Farti abortire?"

"Come lo sai?"

"Lo immaginavo, e tu me l'hai confermato."

Giulia tacque. Mi guardava.

"Sei bella, ancora giovane, hai una professione... e invece ti sprechi con quest'uomo violento che ti ha allontanato da tutti e ti mangia viva, si fa mantenere da te, anzi, si faceva mantenere dalla zia."

"E magari vorresti aiutarmi?"

"Forse. Almeno proviamo a parlarne. Vivo da sola, lo so, ma nessuno dei miei uomini mi ha mai toccata con un dito."

"Dovrei diventare come te... una scarpara di classe! Io ho bisogno di amore carnale, Pasquale mi ama. Ed è il solo che mi coccola."

"Quell'uomo fa schifo!"

"Io, a differenza di te, sono una vera donna."

Nel pomeriggio era arrivata Natascia da Bruxelles. Luigi era visibilmente sollevato e i due si comportavano da padroni di casa. Insieme ai ragazzi avevano organizzato una semplice cena – i resti del consolo, scaldati in forno, insalata e formaggi. A tavola Giulia mi guardava in cagnesco. Pasquale non parlava né con me, né con Luigi; si sdilinquiva per Natascia, che gli dava corda. I ragazzi avevano gli occhi rossi, ed erano tranquilli insieme.

Pasquale aveva preparato le valigie per tornare a Roma dopo il funerale. Aveva ceduto la cucina a Viola e a Thomas, che andavano e venivano portando piatti e boccali d'acqua, come se lo avessero sempre fatto.

Uscii, era il mio addio a Pedrara. Passai davanti alla casa di Bede. Lo avevano esposto nello studio, la stanza più grande. C'erano ancora i fratelli con le rispettive famiglie, e pochi altri. Dal vano di una finestra, Gaetano Lo Mondo mi seguiva con lo sguardo. Mi sentivo sorvegliata, ma non avevo più paura. Era come se la morte della zia mi avesse fatto crescere.

Non volli tornare alla villa. Mi era venuta la smania di entrare dentro la cava, nella roccia, e scoprire cosa c'era lì dentro. I miei piedi automaticamente mi portavano in alto, verso la parete da cui era uscita la Land Rover la sera prima.

Sentii dei rumori e mi nascosi nel cavo dell'olivo. La porta nella parete di pietra era aperta. Ne usciva un camion di media grandezza, che andò a parcheggiare al centro dello spiazzo. Le portiere si aprirono e ne scesero, a uno a uno, una cinquantina di neri, ciascuno con la propria sacca. Alcuni camminavano a fatica, come se fossero rattrappiti. In un battibaleno il carico umano si era dileguato sul sentiero radente la roccia, di fronte a me. L'autista buttò la cicca della sigaretta e la pestò. Al suo grido – "Caricamu!" –, altri neri uscirono dall'interno della caverna e si stiparono nel camion. Era una routine veloce, programmata nei minimi dettagli. Ben presto la caverna aveva inghiottito il camion e la parete era di nuovo compatta – i lunghi tralci dei capperi ondeggianti, la sola testimonianza dell'avvenuto.

Poco dopo la roccia si aprì di nuovo: questa volta era un furgone frigorifero. Altri africani erano usciti dalla caverna e caricavano sul furgone sacchi di plastica nera che avevano l'aria di contenere piante di varia grandezza, alcune molto pesanti. Questa volta l'operazione durò a lungo. Poi il furgone rientrò nella caverna a marcia indietro e si dileguò. Aspettai nel caso in cui ci fosse un terzo carico, poi decisi di entrare.

Ero davanti alla parete, la toccavo, la palpavo alla ricerca di un pulsante, una manopola. Era ricoperta da un pannello di plastica con tante "tasche" piene di terra: ognuna conteneva una pianta rigogliosa di cappero, una palmetta, o semplicemente le erbacce e le piante selvatiche che crescevano sulle rocce. Infine incontrai un pulsante, presumibilmente un campanello, ben celato da una pietra. Qualcuno aveva investito molti denari in quella struttura. Non osavo premere il pulsante, avevo paura. Sentii qualcosa strisciare e sussultai. Un serpente?

"Madame."

Era Jacques, accanto a me. Mi aveva seguita. "Svuotano le serre, si portano via le piante," bisbigliò. Lì per lì non lo avevo riconosciuto: indossava camicia, scarpe e pantaloni puliti. Era un bel ragazzo. "Stanotte si parte, viene anche lei con me?" Gli spiegai che non potevo, ma volevo entrare nella caverna.

"Proviamo?"

"Proviamo," rispose lui. Premetti il pulsante e la porta si aprì docilmente.

Eravamo all'imbocco di un tunnel ferroviario privo di rotaie che saliva a spirale; sulla destra si apriva un cunicolo più stretto, anche quello carrabile; in fondo si intravedeva un tenue bagliore. Jacques mi fece cenno di entrare.

"Cos'è?"

"La serra," disse lui.

"Sotto terra?"

"Venga, le faccio vedere."

"E cosa cresce lì dentro?"

"Vedrà, madame."

Ma in realtà cominciavo a capire.

Il corridoio conduceva a una scala su cui si aprivano altri corridoi, altre scale. Era un formicaio, mal illuminato da lampadine elettriche.

"La porto nel mio nascondiglio," disse Jacques, "da lì si vede tutto."

E ci arrampicammo fino a un anfratto strettissimo, che si allargava in uno spazio appena sufficiente per i nostri corpi: una larga feritoia spaziava su una caverna ampia e alta. Sembrava una cattedrale ortodossa, la volta annerita dal fumo delle candele. Dall'alto pendevano cavi che poi si infilavano o si appoggiavano su lunghi tubi, da cui cadevano decine e decine di altri fili, ciascuno con una tegola, nera in alto e argentata in basso, che fungeva da paralume a una lunga lampada alogena. Centinaia di queste lampade, in schiere ordinate, creavano l'illusione del giorno per migliaia di piantine. Lungo le pareti, enormi tubi con l'anima di ferro a spirale ricoperta di materiale isolante argentato, con una ventola sulla bocca: un complesso sistema di aerazione. A distanza regolare, i recipienti dell'acqua per irrigare le piante. Di plastica turchese, formavano una macchia di colore. Lungo le pareti grezze, contatori elettrici; sopra, in ordinata sequenza, erano attaccati i condizionatori d'aria. La caverna era immensa. Una parte era separata dalle piante da un muro alto. Lì c'erano i gruppi elettrogeni a benzina. Erano rumorosissimi, il ronzio saliva assordante.

"A cosa servono?" chiesi.

"Ciascuno di loro ha un'autonomia di dieci ore, devono mantenere la corrente elettrica stabile. Le piante di marijuana ne hanno bisogno, e i controllori sono sempre presenti. Andiamo."

La luce in basso era talmente intensa, e il contrasto con il buio di sopra così forte, che non avevo notato gli uomini che ci lavoravano. Tutti con la mascherina e con indosso solo le mutande, ogni squadra con un compito diverso, secondo gli stadi di crescita delle piante: c'erano germogli e c'erano piante alte due metri. "Il ciclo è continuo," spiegava Jacques, "quando si tolgono le piante maschio, che producono erba peggiore delle femmine, l'odore è intossicante, e stordisce. Facciamo turni di dieci minuti, e poi andiamo a prendere una boccata di aria." Sentivo salire alle narici un odore acre.

"E voi come ci arrivate qui?"

"Paghiamo per essere accolti in un agriturismo, o almeno è così che lo chiamano, e finiamo a fare gli schiavi. Il capo fa i soldi così. Se disobbediamo c'è il letto di oleandri. Siamo clandestini, non esistiamo."

C'era agitazione tra i neri, lì in fondo.

"È successo qualcosa di grave," disse Jacques.

Scivolammo veloci e ci acquattammo accanto alla porta, pronti a scappare quando si sarebbe aperta. Mi sentivo intossicata. Rumore di passi come di un plotone di soldati, ordinati, veloci. Poi una luce. Una Land Rover, quella che avevo visto la sera prima, scendeva dal tunnel. I fari illuminarono le mie scarpe. Non mi mossi, terrorizzata, certa che mi avessero riconosciuto.

La porta si era aperta. La Land Rover era rimasta ferma, i fari continuavano a illuminare le mie scarpe. Poi, un putiferio. I neri, che si erano appiattiti lungo le pareti della caverna, erano saltati sulla Land Rover coprendo vetri e tetto, attaccandosi alle portiere. Altri neri si davano da fare per bloccare il meccanismo di apertura della porta-parete; lavoravano veloci, davano l'impressione di sapere cosa fare. Tutto in un silenzio totale. I fari, rimasti accesi, erano coperti dai corpi dei neri. Scappai fuori e corsi a casa, ansante. Soltanto allora mi resi conto di aver perduto Jacques; lo immaginai mentre saliva lungo la spirale del tunnel, verso un futuro tutto da scoprire.

Rimasi sveglia quasi tutta la notte, nella stanza della zia. Avrei voluto offrirle la dignità di una veglia, ma il mio pensiero non poteva non tornare a quanto stava succedendo nel tunnel. Andavo alla finestra: c'era buio pesto. A volte credevo di sentire voci, passi, automobili. Perfino urla. Spari. Ma erano rumori della campagna: gridi di uccelli, scalpiccio di faine, pietre che cadevano, abbaiare di cani lontani. Poi, il silenzio tornava a regnare su Pedrara. Allora mi abbandonavo all'immaginazione; mi sembrava di vedere sulle pareti della cava tanti giovani neri che uscivano dalle tombe e nell'oscurità avanzavano cauti sugli stretti camminamenti, si aggrappavano dove potevano, salivano e scendevano sulla parete, uno dopo l'altro, diretti alla caverna dalla porta spalancata. Passavano accanto alla Land Rover ormai abbandonata con le portiere aperte e iniziavano il cammino nel tunnel verso una libertà forse effimera ma lontana dal veleno degli oleandri.

Come un'altalena, il mio pensiero fluttuava dai neri – dove sarebbero andati? E se ci fossero stati dei morti? – alla zia – che cosa sapeva? –, a Bede – qual era stato il suo ruolo in tutto questo? –, e si fermava sgomento su di noi, totalmente ignari eppure legalmente responsabili e a rischio di essere incriminati di reati molto seri. Avrei dovuto parlarne con Giulia e Luigi.

I primi uccelli si avventuravano timidi nell'aria umida dell'aurora. Dietro l'altopiano, un chiarore rosato: il cielo si preparava per l'alba. Sentivo dei passi vicino alla casa di Bede. Poi rombo di motori. Poi silenzio. Di nuovo passi, di nuovo motori. Sempre più frequenti. Mi chiedevo se qualcuno ci avrebbe informato su cosa stava succedendo. Scesi per la scala interna nella foresteria e mi infilai nel tunnel: la luce era spenta, il passaggio bloccato da una parete di pietruzze e cemento ancora fresca. Tornai nella stanza della zia e non volli più lasciarla.

La mattina, Nora venne con una guantiera di cornetti freschi per la prima colazione. Passò a dire una preghiera per la zia.

"Tutto bene?" chiese nel lasciarmi.

"Tutto bene, grazie. E da voi?"

Nora non si era aspettata quella domanda. "Si portarono i trasformatori, e tutte le cose dello zio..." Si fermò, una mano sulla bocca. "Matri mia, non dovevo parlare!" Mi implorò di dimenticare quanto mi aveva appena detto. Le assicurai che lo avevo già fatto.

Il dottor Gurriero aveva ragione: dovevamo lasciare Pedrara al più presto.

37.

Monte Lauro

(Bede)

Ora che sono spirito il tempo si è fermato. Poi piano piano scenderemo nel nulla, Anna.

I miei nipoti hanno chiuso la porta della cappella. La cremazione sta per cominciare. Vieni con me, Anna, andiamo insieme, il cielo è pulito, le nuvole basse a occidente stanno per dissolversi e tutto sarà nostro.

Voliamo su Monte Lauro, eccolo, grande, circolare, tradisce l'antica natura di vulcano. Ora ci avviciniamo, vedi la pineta? È tutto verde Monte Lauro, le sue coste sembrano le crepe profonde di una melagrana, tagliate dai fiumi che sgorgano dalle sue falde: l'Anapo, l'Irminio, il più lungo, il Cassibile, l'Asinaro. Scendiamo dentro le cave, vorrei sfiorare con te le acque fredde delle pozze, le rapide spumeggianti, tuffarci dalle cascate.

È strano vedere gli alberi dall'alto: sono come bolle verdi, macchie, grovigli di rami e foglie. I soli fioriti sono gli oleandri. Ricordi, Anna, quanto li amavamo? Recisi, adornavano la casa. Te li facevo trovare nei vasi, quando arrivavi.

Guarda, gli uccelli assaggiano l'aria. Ecco le capinere, a frotte, e il gheppio solitario, padrone del cielo. Sento il grido del cuculo che scandisce il tempo, il vociare delle tortore.

Abbassiamoci ancora per vedere le farfalle, le ali coloratissime, le libellule, le api... Seguiamo l'estuario dell'Irminio, le

dune di sabbia, i verdi ginepri. Guarda i banchi di sabbia sotto l'acqua trasparente, verdissima, le gallinelle d'acqua, le folaghe.
Risaliamo il Cassibile, le marmitte di acqua, i laghetti di smeraldo dai fondali di pietra bianca...
Quanto è bello il mondo che lasciamo. E in cui ci siamo amati per la prima volta. Ricordi?

Era l'anno prima della morte di Tommaso. L'estate dei miei venticinque anni, a Pedrara, durante le vacanze estive. Tommaso era rimasto a Roma per impegni di lavoro. Era stato nominato ambasciatore al Vaticano, un incarico importante e per niente gradito: lui avrebbe desiderato tornare in Africa, nonostante non fosse la sede migliore per gli studi dei figli, e ci era rimasto molto male. L'atmosfera in casa era tesa.

Non vedevo i miei genitori da quando mi ero laureato. Essere a Pedrara mi risvegliava il desiderio di vederli; l'impossibilità di realizzarlo, nonostante fossimo vicini, mi martoriava. Cercavo di consolarmi concentrandomi su me stesso. Correvo, facevo esercizi per mantenermi in forma, e andavo in posti sperduti a fare il bagno nudo – per vanità: volevo un'abbronzatura integrale.

Andavo spesso nel punto in cui il fiume aveva formato una pozza stretta e profonda, ideale per tuffarmi dalla colonna di roccia che faceva da trampolino. Mi eccitava la possibilità di essere visto. E il rischio del tuffo: un errore, e mi sarei schiantato sulle pietre.

Un giorno di luglio ero sulla colonna di roccia, pronto a tuffarmi. Alzai le braccia e feci un perfetto tuffo a chiodo: la sensazione di frescura era deliziosa. Ero risalito a galla e nuotavo quando sentii qualcuno che piangeva. Non si quietava. Andando controcorrente cercai di avvicinarmi. Sembrava un animale ferito. Invece eri tu. Seduta di spalle sulle pietre del teatrino dei bambini, piangevi. Sola, in costume. Mi sembrò

normale avvicinarmi per consolarti. Tu continuavi a piangere come se io non ci fossi. Ti toccavo il braccio, ti prendevo
la mano, ti bisbigliavo paroline di conforto – inutile. Allora
tacqui e cominciai a carezzarti braccia e spalle. Mi eccitavo.
Ti presi il viso tra le mani, avevi le gote umide. Mi guarda-
vi, finalmente. Ti tormentavo con un dito le labbra gonfie.
Ne seguivo il contorno, poi avvicinai la bocca alla tua. Non
mi rifiutasti, ma facesti per alzarti, piano piano, e io ti soste-
nevo. E mi indurivo. Ci amammo, senza dirci una parola. E
così fu, ogni volta che venivi a Pedrara. Il gioco del bacio in
silenzio divenne il rito della nostra intimità.

*Anna, chissà dov'è Tommaso. Lo incontreremo? Tu avresti
preferito il silenzio anche quella volta.*

"Tu sei nulla immischiato al niente", "nuddu ammiscatu cu nenti", mi aveva detto, quando gli parlai, con te a lato. Eravamo tutti e tre in piedi, sul belvedere. Ero stato io a
volergli parlare: per essere limpido, onesto. Credevo che ne
sarebbe stato sollevato: la cognata presa in moglie per con-
venienza e per dargli il figlio maschio gli aveva dato lustro
e rispettabilità. Tu avresti mantenuto il tuo ruolo di moglie
dell'ambasciatore e avresti continuato a curare i figli ma, a
differenza di prima, saresti stata una donna appagata. Io, il
suo Ganimede, come lui mi chiamava, sarei stato doppiamen-
te legato alla famiglia.
    Ma Tommaso, guardandoti di traverso, aveva ripetuto,
sprezzante, le stesse parole a te: "E tu pure, anche tu si' nuddu ammiscatu cu nenti." Tu, per la prima volta, avevi alzato
la voce: "Mi sta bene, anzi benissimo, essere 'u nenti ammiscatu al nuddu di Bede!".
    Lo sguardo di lui vagava da te a me, da me a te. Rima-
nemmo in piedi, faccia a faccia, e muti. Tommaso aveva perduto l'onnipotenza. Accettava che fossi versatile, ma il fatto

che le donne mi piacessero quanto gli uomini costituiva più di un tradimento: un'abiura. Girò sui tacchi e ci lasciò. E tu allungasti la mano verso di me.

Dammi di nuovo la mano Anna, e voliamo prima che il nostro spirito si dissolva nell'aria. Voliamo a casa, così che quello che resta di noi cada leggero e impalpabile sugli oleandri di Pedrara.

38.

Tra Valiant Travel e Mr Yamaguchi

Venerdì 25 maggio, pomeriggio
(Mara)

Aspetto nella sala vip di Fiumicino la coincidenza per Milano. Viola è partita ieri sera, un po' lacrimosa ma determinata. Parla di riprendere gli studi, e continua a desiderare l'impossibile: la clinica di Las Vegas. Sulla rivista di viaggi offerta dalla compagnia aerea vedo la foto di una spiaggia di sassi. Barbados. Una spiaggia bianca – pietre e coralli. *Un tesoro nascosto*, è scritto nell'articolo. Zia Anna parlava dei gioielli come di un tesoro nascosto, "le pietre", le chiamava. La sera prima, mentre assistevo all'esodo dei neri lungo la cava, pensavo al motivo per cui la zia non mi aveva mai fatto vedere il collier falso. Se ne vergognava? Eppure lo avevo visto al suo collo nelle vecchie fotografie, come anche al collo di mia madre. E perché lo aveva nascosto nella libreria, visto che era falso?

Al contrario, parlava delle "pietre", tranquilla: non le avrebbe rubate nessuno. Erano lì, le sue pietre, ci aspettavano. Soltanto noi sapevamo della loro esistenza. E la zia voleva che andassero a Viola. "Le pietre." Questo mormorava. Le pietre di Viola. Pietre bianche come quelle delle spiagge di Barbados. Ciottoli.

L'aveva adorata, Viola, come se fosse la sua vera nipote, e per la cresima le aveva regalato una scatoletta di ottone e smalto con dentro delle pietruzze. Una delusione, per Viola, quelle pietre...

A quel punto, il tarlo di un sospetto.

C'è qualcosa che non torna. Lo sento. E infine, l'illuminazione!

Chiamo Viola, per fortuna risponde. Le chiedo se ha ancora la scatoletta della nonna. "Sì," mi dice. Le dico di portarla da Antonio, il nostro amico gioielliere, subito, con tutto quello che c'è dentro, e di darmi notizie.

A Linate aspetto ansiosa che la mia valigia appaia sul nostro carosello. È pesante. Contiene carte, vasi, cloisonnerie. E le pietre, le pietre che Pasquale mi ha gettato, quelle del sacchetto che stava nel forno!

Esco, le porte automatiche si aprono, sono nella sala degli arrivi.

Viola, sciarpa al collo, maniche lunghe per nascondere le braccia, fa un sorrisetto e solleva un cartello con una scritta a caratteri cubitali rossi che spicca in mezzo ai molti cartelli di aziende, hotel e tour operator. Tra VALIANT TRAVEL e MR YAMAGUCHI, la scritta: DIAMANTI.

E poi arriva un sms. Di Giulia. *Sto venendo, da sola. Mi ospiti?*

Ringraziamenti

Ringrazio Milko Dalacchi e sua madre Giulia Palmeri, che mi hanno generosamente aperto gli armadi della loro straordinaria collezione di abiti antichi;

Marco Denti per la sollecita consulenza sulle musiche del Mali;

Nicola Gardini, che mi ha "regalato" le sue bellissime traduzioni dei versi di Anacreonte, Pindaro e Teognide.

Infine, come sempre e più di sempre, ringrazio Alberto Rollo e Giovanna Salvia, che mi sono stati vicini e mi hanno sostenuto nella genesi e nello sviluppo di questo romanzo scritto durante il lutto per mia madre.

Indice